하고 싶은 공부

최재천과 함께하는 어린이 성장 동화

하고 싶은 공부

1판 1쇄 발행 2025. 2. 25.
1판 2쇄 발행 2025. 2. 26.

원작 최재천·안희경
글 박현숙
그림 함주해

발행인 박강휘
편집 김성태 **디자인** 유상현 **마케팅** 정희윤 **홍보** 반재서
발행처 김영사
등록 1979년 5월 17일(제406-2003-036호)
주소 경기도 파주시 문발로 197(문발동) 우편번호 10881
전화 마케팅부 031) 955-3100, 편집부 031) 955-3200 | **팩스** 031) 955-3111

저작권자 ⓒ 최재천·안희경·박현숙·함주해, 2025
이 책은 저작권법에 의해 보호를 받는 저작물이므로
저자와 출판사의 허락 없이 내용의 일부를 인용하거나 발췌하는 것을 금합니다.

값은 뒤표지에 있습니다.
ISBN 979-11-7332-083-5 73810

홈페이지 www.gimmyoung.com   **블로그** blog.naver.com/gybook
인스타그램 instagram.com/gimmyoung   **이메일** bestbook@gimmyoung.com

좋은 독자가 좋은 책을 만듭니다.
김영사는 독자 여러분의 의견에 항상 귀 기울이고 있습니다.

| **어린이제품 안전특별법에 의한 표시사항** | **제품명** 도서 **제조년월일** 2025년 2월 26일
제조사명 김영사 **주소** 10881 경기도 파주시 문발로 197 **전화번호** 031-955-3100 **제조국명** 대한민국
사용연령 8세 이상 ▲**주의** 책 모서리에 찍히거나 책장에 베이지 않게 조심하세요.

하고 싶은 공부

최재천·안희경 원작 | 박현숙 글 | 함주해 그림

김영사

꿈을 찾고 이루고 싶은
어린이를 위한 공부

"열 번 찍어 안 넘어가는 나무 없다"라는 우리말 속담이 있다. 그런데 부모라는 나무는 대충 두어 번만 찍으면 넘어간다. 어릴 때부터 눈 뜨고 있는 시간 내내 책을 읽어 주며 자기 생각을 거리낌 없이 얘기하도록 자유롭게 키운 아들 녀석이 중고등학생 시절 그야말로 한마디도 지지 않고 사사건건 논리 싸움을 해 댈 때면 욱하는 감정을 억누르기 힘들었다. 감정 조절에 겨우 성공하고 그 녀석의 방문을 닫고 돌아설 때마다 우리 부부가 중얼거린 말이 있다. "어휴, 저 나쁜 놈." 그러나 우리 방으로 돌아온 우리는 언제나 곧바로 그 아이를 위해 무얼 할 수 있을지 얘기하기 시작했다. 이거 우리 부부만의 얘기 아니지요?

나는 강연을 참 많이 하며 사는 사람이다. 기업에 가서 강연하면 때로 강연료도 두둑이 받는다. 그럼에도 불구하고, 이제는 아무래도 나이 때문에 좀 덜 하지만, 중고등학교 강연을 참 많이 했다. 어디 먼 시골 학교에 다녀오려면 하루 해가 꼬박 진다. 애써 마련해서 주는 소박한 강연료는 종종 학교 도서관이나 과학 동아리에 기부하고 온다. 시간과 돈 관점에서 보면 완전히 손해 보는 일이다. 그러나 밤늦게 집에 돌아와 컴퓨터를 켜면 오늘 내 강연을 들은 어느 어린 친구의 이메일이 와 있다. 오늘 내 강연을 듣고 삶의 목표가 생겼다고 얘기한다. 내 삶에 이보다 더 큰 행복은 없다.

중고등학교에서 강연을 와 달라고 하면 나는 종종 학부모를 함께 불러 달라고 요청한다. 강의 말미에 나는 부모들이 듣기에 매우 불편할 발언을 지른다. 이 세상에서 절대로 듣지 말아야 할 말씀은 바로 부모님 말씀이라고. 그러면 아이들의 입에서는 환호가 터져 나온다. 나는 아이들에게 그렇다고 해서 가출하지는 말라고 당부한다. 부모는 복종의 대상이 아니라 설득의 대상이며 그저 두어 번만 반복해서 얘기하면 부모라는 나무는 속절없이 흔들리게 마련임을 알려준다. 최재천과 함께하는 어린이 성장 동화를 읽고 부모님을 설득하여 끝내 자신의 꿈을 이루는 아이들이 많아졌으면 좋겠다.

1장

○○ **연구소**

집안 분위기가 아슬아슬했다. 나는 슬그머니 집에서 나왔다.

'꼬르륵꼬르륵.'

배에서 밥 좀 달라고 아우성쳤다.

'이럴 줄 알았으면 일찍 일어나는 건데.'

토요일이라 늘어지게 잠을 잤다. 일어나 보니 엄마와 형 사이에 매서운 눈보라가 치고 있었다. 자칫 잘못하다가는 내게 불똥이 튈 것 같았다. 그럴 때는 엄마 눈앞에서 조용히 사라지는 게 최고다.

터벅터벅 걷다 보니 어느새 '신나게 놀자 공원' 앞이었다. 신나게 놀자 공원은 새롭게 만들어져 지난달에 문을 열었다.

산과 공원이 연결되어 있어서 '도시 속의 숲'이라 불리는 공원이다.

나는 그 공원으로 들어갔다. 나무도 많고 벤치도 많았다. 공원 맨 안쪽으로 들어가자 숲으로 이어진 길이 나왔다. 나무가 울창한 숲에서는 새들이 지저귀는 소리가 요란했다.

"뭐지? 숲에 집이 있네."

나는 작은 나무집 앞에서 걸음을 멈췄다. 통나무로 만든 집이었는데 그 집 안에서 고소하고 달콤한 냄새가 풍겨 나왔다.

'빵 굽는 냄새인데, 이런 숲속에 빵집이 있을 리는 없고.'

나무집을 휘휘 둘러보는데 작은 간판이 눈에 쏙 들어왔다.

○○ 연구소

○○ 부분이 낡고 글씨가 흐릿해서 뭐라고 쓰였는지 또렷이 보이지 않았다. 'ㅅㅌ'만 흐릿하게 보일 뿐이었다.

'혹시 빵을 연구하는 곳인가?'

나는 살그머니 나무문을 밀었다. 나무문은 의외로 사뿐히 열렸다. 데님 셔츠에 짙은 회색 바지를 입은 사람의 뒷모습이 보였다.

'턱 턱 턱.'

그 사람은 뭔가를 손바닥으로 내려치고 있었다. 밀가루를 반죽하는 듯했다. 나는 안으로 들어갈 용기가 없어서 문을 슬그머니 당겨 닫았다.

2장

소장님

"그러니까 뭔 연구소? 공원과 연결된 산에 무슨 연구소가 있다고? 갑자기 퀴즈 놀이 하니? 'ㅅㅌ'이 들어가는 낱말 찾기야?"

건이가 연필을 뱅그르르 돌리며 말했다.

"빵 냄새가 났다고 했지? 그럼 혹시 수타? 수타 짜장면집이 있으니까 수타 빵집도 있는 것 아니니? 문을 열고 들어가 무슨 연구소인지 물어보고 왔어야지. 왜 그냥 와."

소리가 말했다.

"문은 열어 봤지. 그런데 그 연구소에 있는 사람이 어찌나 무섭게 생겼던지 도저히 말을 붙일 수가 없었어."

나는 소리 말에 자존심이 상해 거짓말을 했다. 사실 나는 그 사람 뒷모습만 봤을 뿐이다.

"무섭게 생겨서 말도 못 붙였다고? 어떻게 생겼는데? 오정우! 있잖아, 사람은 겉모습만 보고 판단하는 게 아니야. 겉모습은 아주 착하게 생겼는데 반전인 사람도 아주 많거든. 덩치가 크고 운동을 무척 잘할 것 같은데 의외로 운동 못하는 사람도 많아. 그것도 몰라?"

건이가 '그것도 몰라'에 힘을 주었다.

"무섭게 생겼으면 놀라서 말을 못 붙일 수 있긴 해."

이번에는 소리가 내 편을 들었다. 그러자 건이가 입을 삐죽 내밀었다.

나와 소리, 건이는 늘 붙어 다닌다. 그래서 아이들은 나와 건이만 함께 지나가면 "소리는?" 하고 묻는다. 나와 소리가 지나가면 "건이는?" 이러고 묻는다. 아이들은 나와 소리, 건이를 한 세트로 생각한다.

건이와 나는 2학년 때 우연한 일로 친해졌다. 급식 시간에 건이가 닭강정을 다 먹고 나서 더 먹고 싶어 하는 눈치였다. 건이는 키도 작고 덩치도 작다. 그런 건이가 더 먹고 싶어 하는데 어쩐지 좀 불쌍해 보였다. 그래서 내가 닭강정을 더 받아다 주었다. 그 뒤로 나와 건이는 절친이 되었다. 건이는 체격만 작은 게 아니라 마음도 약하다. 반면 자존심은 완전 최강이다. 건이는 먹을 게 있으면 내 입에 먼저 넣어 준다. 의리가 있다. 딱 하나 단점도 있다. 공부를 잘해서인지 잘난 척을 잘한다. "너는 그것도 몰라?" 이 말을 입에 달고 다닌다. 그것만 빼면 건이는 꽤 괜찮은 아이다. 건이는 가끔 내 숙제를 대신 해 주기도 한다. "정우, 너는 공부하고 담쌓았지?" 하고 핀잔을 주기도 하지만 그래도 건이가 있어서 든든하다.

소리 역시 우연히 나와 건이랑 한 세트가 되었다.

3학년 때 나와 건이랑 같은 반이 된 소리는 울보였다. 툭하면 울었다.

'원래 우는 아이.'

반 아이들은 소리를 이런 아이로 여겼다.

3학년 겨울방학 직전, 어느 엄청 추운 날이었다. 소리가 아침부터 울었다. 선생님이 왜 우느냐고 물어도 대답하지 않았다. 둘째 시간이 끝나고 화장실에 다녀오는데 소리 발이 내 눈에 들어왔다. 실내화는커녕 양말도 신지 않은 맨발이었다. 발등이 빨갛게 얼어 있었다.

"신어."

나는 아무도 눈치채지 못하게 내 실내화를 벗어 소리 발 앞에 놓았다. 그걸 건이가 봤다.

"이거 신어."

건이는 또 다른 아이들이 눈치채지 못하게 양말을 벗어 소리에게 주었다. 그날 아침, 소리는 학교에 오자마자 화장실에 갔다가 물벼락을 맞았다고 했다. 세면대 앞에 서 있는데 다른 아이가 손을 씻던 물이 발을 덮친 것이다. 수도꼭지를 얼마나 세게 틀어 놓았는지 폭포수처럼 쏟아진 물에 실내화도 양말도 흠뻑 젖었다고 했다.

"발이 시린 것보다 더 속상한 게 있었어. 내가 맨발로 다니면 아이들이 추운 겨울에 맨발로 다닌다고 나를 놀릴 게 뻔하잖아."

그래서 화장실에 가고 싶은 것도 꾹 참았단다. 발이 시려서 울고 오줌을 마음대로 눌 수 없어서 또 울었던 거다. 그날 이후 소리는 나와 건이 뒤를 줄레줄레 따라다녔다.

울보였던 소리는 4학년 2학기부터 완전히 달라졌다. 절대 울지 않았다. 말도 잘했다. 소리는 인기 있는 아이가 되었다. 내가 소리를 살살 좋아하게 된 것도 그때부터다. 그렇지만 내가 소리를 좋아한다는 사실을 건이와 소리에게 말하지 않았다. 건이도 소리를 좋아하는 것 같았다. 건이가 그런 말을 한 건 아니지만 내게도 그 정도 눈치는 있다. 그때부터 소리가 건이 편을 들면 기분이 나빴다.

'소리는 나와 건이 중에 누구를 더 좋아할까?'

요즘 나는 그게 제일 궁금하다.

"학교 마치고 그 연구소에 가자. 학원 끝나고 만나기."

나와 소리, 건이는 오후 4시 30분에 신나게 놀자 공원 입구에서 만났다.

"와! 정말 잘 꾸몄다. 뒤에 높은 산이 있어서 공기도 좋아. 우리 여기에 자주 놀러 오자."

소리는 신나게 놀자 공원을 보며 감탄했다.

숲으로 연결된 길로 들어서자 달콤하고 고소한 빵 냄새가 풍겼다.

"빵 연구소인가 봐."

건이는 코를 킁킁거렸다.

나무집 문 앞에 서자 빵 냄새가 더 진하게 느껴졌다. 건이가 문을 살며시 밀었다. 그때 뒤돌아 서 있던 사람이 우리를 획 돌아봤다. 오늘도 데님 셔츠에 짙은 회색 바지를 입고 있었다. 머리가 희끗희끗해서 아저씨라고 부르기에는 나이가 많은 것 같았고, 할아버지라고 부르기에는 젊어 보였다. 동그란 안경이 잘 어울렸다.

"안녕하세요. 혹시 들어가도 되나요?"

소리가 어정쩡하게 서서 인사했다.

"들어오렴."

들어오라는 말에 소리가 앞장서서 안으로 들어갔다.

"와!"

나는 그 안을 둘러보고 감탄했다. 연구소 벽면을 둘러싼 책

장 안에 책이 가득 꽂혀 있었다. 책상 위에는 새 모형이 놓여 있었다. 곳곳에 나무로 만든 개미 모형도 있었다.

"여기 뭐 하는 곳이야? 빵을 연구하는 곳은 아닌 것 같은데?"

소리가 내 귀에 대고 속삭였다.

"암, 그럼. 나는 이 연구소 소장이란다. 어딜 가든 읽어야 할 책이 많아서 가지고 다니지. 마침 빵이 다 구워졌으니 먹고 가렴."

소장님은 활짝 웃었다. 웃는 얼굴이 어쩐지 친근하게 느껴졌다. 소장님이 큰 접시에 노릇노릇하게 구워진 동글동글한 빵을 담아 내왔다. 나와 소리, 건이는 누가 먼저랄 것도 없이 빵을 덥석 집어 먹었다.

"완전, 짱."

건이가 엄지손가락을 척 올렸다. 빵은 고소하면서 부드러웠다. 겉은 바삭하고 속은 촉촉했다.

"혹시 제빵사세요?"

내가 조심스럽게 물었다.

"아니, 빵 만드는 건 내 취미야."

소장님이 싱긋 웃었다.

"그런데 왜 빵을 이렇게 잘 만들어요? 이 빵 만드는 방법 좀 가르쳐 주시면 안 돼요? 제가 빵돌이거든요. 빵을 무지무지 좋아해요. 제발요."

건이가 두 손을 앞으로 모아 쥐고 말했다.

"음, 내가 전문가는 아니지만 내 방법대로 가르쳐 줄 수는 있지."

소장님은 주방으로 들어갔다. 나와 소리, 건이는 쪼르르 소장님을 따라갔다.

"이건 밀가루, 이건 쌀가루 그리고 이건 들깻가루란다. 이걸 6:2:2 비율로 넣고 우유로 반죽하는 거야. 그런 다음 단호박을 말려서 만든 가루를 넣지."

"설탕은요? 소금은 안 넣어요? 저번에 유명한 프랜차이즈 제과점 수석제빵사 유튜브를 봤는데요. 소금과 설탕이 꼭 들어가더라고요. 소금과 설탕이 들어가지 않으면 맛이 없다고 하던데요?"

"이 빵 만드는 방법을 알려 달라고 하지 않았니? 자, 반죽을 발효해야 하는데 미리 발효한 반죽을 꺼내 쓰도록 하마. 새벽에 반죽해 놓은 걸 쓰자."

소장님이 반죽을 꺼냈다.

"유명한 프랜차이즈 제과점 수석제빵사는 하루 전날 해 놓은 반죽을 썼는데."

"가만히 있어."

나는 건이 옆구리를 콕 찔렀다.

"왜에!? 뭐든 정확히 해야지. 빵을 만들 때는 꼭 지켜야 하는 레시피가 있는 거야. 수학 공식처럼 빵 레시피에도 공식이 있을 것 아냐. 야, 오정우. 네가 공부를 못하는 이유가 뭔지 알아? 대충대충 해도 된다는 생각 때문이야."

나는 말문이 막혔다. 여기서 공부 얘기가 왜 나온담. 그것도 처음 보는 소장님과 소리 앞에서 말이다. 소리가 얼른 나와 건이 사이에 끼어들었다.

소장님은 반죽한 것을 동글동글하게 만들어 오븐에 넣었다.

"너는 공부를 잘하는 모양이구나?"

빵이 구워지길 기다리며 소장님이 건이에게 물었다.

"학원에서 제일 높은 레벨 반이에요."

건이가 어깨를 으쓱 올렸다.

"나도 저 빵을 만드는 데는 최고 레벨이지. 너희는 오늘 최고 레벨 제빵사에게 빵 만드는 공부를 하는 셈이야."

"빵은 취미로 만든다고 하셨잖아요. 제빵사 자격증 있어요? 시험을 봐서 합격했어요? 공부는 자격증이 있는 전문가가 가르치는 거잖아요. 그게 진짜 공부예요."

건이가 고개를 세차게 저으며 말했다.

'건이, 자기가 먼저 빵 만드는 걸 알려 달라 하고 저런 말을 하다니.'

"하하하하, 그럼 나는 가짜 공부를 시키고 있는 거니?"

소장님이 고개를 젖히고 웃었다. 기분 나쁜 말을 듣고도 웃다니, 대단한 소장님이었다.

"저 빵은 어디에 가도 구할 수 없단다. 그러니까 저 빵은 나만 만들 수 있는 거지. 물론 오늘 너희가 배우면 너희도 만들 수 있는 거고 말이다. 시험에 합격해서 자격증이 있는 사람에게만 배울 수 있는 게 아니란다. 공부란 말이다. 세상을 먼저 살아 본 사람들이 후손에게 세상을 어떻게 살아야 하는지 알려 주는 것이거든. 어떻게 하면 잘 살 수 있는지 그 방법 같은 것 말이다. 저 빵도 마찬가지야. 내가 이렇게 만들어 남들도 감탄할 정도의 맛을 냈잖니. 저 빵 만드는 것을 나만큼 잘 가르칠 수 있는 사람은 없단다."

소장님은 여전히 웃음 가득한 얼굴로 말했다. 성격이 엄청 좋은 사람 같았다.

3장

하고 싶은 것

엄마와 형이 또다시 전쟁을 시작했다. 오늘은 형 목소리가 더 컸다.

"대학을 안 가겠다고? 그게 말이 된다고 생각하니?"

"제가 언제 대학을 안 가겠다고 했어요. 의대를 안 가겠다는 거잖아요."

"왜 의대를 안 가? 여태 의대를 목표로 공부했잖아! 아무 말도 하지 않고 잘해 왔잖아. 왜 갑자기 이러는 건데?"

엄마 목에 힘줄이 팍팍 섰다.

"그건 엄마 목표였잖아요. 저는 엄마 목표를 보며 공부한 거잖아요. 그런데 마음이 바뀌었다고요."

"얘가 뭐래? 너, 나를 위해 의대 가라는 거니? 의대 가서 남 줘? 공부해서 남 주냐고! 다 너 좋으라고 하는 거잖아."

"저는 의사 되기 싫어요."

형 목에도 힘줄이 섰다.

"저번 시험 점수가 좀 떨어져서 그래? 점수야 다시 올리면 되지. 조금만, 조금만 더 열심히 하면 점수 올릴 수 있어."

"점수 1점 올리기가 얼마나 힘든 줄 아세요?"

오늘은 형이 도깨비에 홀린 것 같았다. 그렇지 않고서야 엄마 말에 저 정도로 말대꾸할 수는 없었다.

'어휴, 오늘도 점심 먹기는 글렀네. 이럴 줄 알았으면 일찍 일어나서 아침을 먹을걸. 저번에 겪고도 그걸 깜박 잊다니.'

그때였다. 엄마의 울음소리가 집 안에 왕왕거렸다. 나는 당황했다. 엄마가 울다니! 그것도 집이 떠나가게 울다니! 형도 울기 시작했다. 나는 더 당황했다. 형이 우는 것은 처음 봤다. 나는 슬그머니 일어나 집에서 나왔다.

'아빠가 부럽다. 배고플 때 마음 편히 밥을 먹을 수 있고 엄마랑 형이 싸우는 것도 안 보니 얼마나 마음 편할까.'

아빠는 외국 출장을 갔다. 한 달 뒤에 돌아온다.

'꼬꼬꼬꼬꼬르르르륵.'

배 속에서 야단이 났다.

'연구소에 가 볼까?'

연구소를 떠올리자 입에 군침이 돌았다. 나는 뛰다시피 걸어 연구소로 갔다.

"마침 잘 왔다. 막 오븐에서 빵을 꺼내는 중이거든."

소장님은 커다란 접시에 빵을 담아 내왔다. 나는 허겁지겁 빵을 먹었다.

"배가 많이 고팠니?"

소장님이 물컵을 내 앞으로 밀어 주며 물었다.

"배가 엄청 고팠어요. 요즘은 토요일마다 그래요. 형 때문에."

나는 나도 모르게 엄마와 형의 전쟁 이야기를 했다. 말을 하면서도 '집안일인데 이런 말을 남에게 해도 되는 건가? 엄마가 알면 심하게 야단칠 텐데'라는 걱정이 들었다. 그런데도 말하고 있었다. 빵이 마음속 비밀을 털어놓게 하는 마법이라도 부리는 것 같았다.

"형은 하고 싶은 게 따로 있는 것 같구나."

내 말을 다 듣고 난 소장님이 말했다.

"그건 잘 모르겠어요."

나는 형과 한집에 살면서도 형이 하고 싶은 게 뭔지 들은 적이 없었다. 형은 내게 그냥 '공부하는 형'이었다. 어느 날부터인가 엄마가 의대, 의대 노래를 불러서 나도 형이 당연히 의대에 가 의사가 될 거라고 믿고 있었다.

"너에게는 하고 싶은 게 있니? 아!"

갑자기 소장님이 말을 하다 말고 벌떡 일어나 구석으로 갔다. 그러더니 벽을 뚫어져라 바라봤다.

'무슨 일이지?'

나는 소장님 옆으로 다가갔다. 소장님이 뚫어져라 바라보고 있는 벽에는 개미 같기도 하고 개미가 아닌 것 같기도 한 정체를 알 수 없는 벌레 한 마리가 기어가고 있었다.

"음, 자주 보여. 이곳에서 서식하고 있는 게 확실해."

소장님은 벌레를 조심스럽게 잡아 손등에 올렸다.

"헉, 물면 어떻게 하려고요? 독을 가진 벌레일 수도 있잖아요."

"이 벌레는 개미장님노린재라고 하는데 물지 않는단다. 그동안 내가 이 벌레를 많이 경험했거든. 경험보다 확실하고 큰 공부는 없단다. 조심스럽게 기어가지? 느낌이 아주 좋아."

소장님은 벌레를 살짝 잡아 내 손등에 올려 주었다. 손등이 간질거렸다. 소장님은 내 팔뚝까지 기어오른 벌레를 잡아 문 밖 숲에 놔주었다.

"아참, 너에게는 하고 싶은 게 있어?"

소장님이 탁자 앞에 앉으며 물었다.

"있긴 하죠. 그런데 하고 싶다고 다 할 수 있는 건 아니잖아요. 다 제가 할 수 없는 불가능한 일들이에요. 요즘엔 유튜버가 되고 싶은 마음이 크거든요. 하지만 도전할 수도 없어요."

"왜 도전하지 못해? 그냥 도전하면 되지."

나는 소장님이 좀 답답했다. 혹시 소장님은 먹방 유튜브를 유튜브의 전부라고 생각하는 걸까?

"그걸 하려면 잘해야 하는 게 몇 가지 있거든요. 그런데 그게 하나같이 제가 못하는 것들이에요. 사실…… 저는 건축에 관심이 많아요. 세상에는 멋진 건축물이 엄청 많잖아요. 성당도 있고 왕궁도 있고. 저는 그런 건축물을 찾아다니며 소개하는 유튜버가 되고 싶거든요. 우리나라는 물론 세계 곳곳에 있는 건축물을 보러 가고 싶어요. 당장이라도 시작해서 방학마다 가고 싶어요."

"오, 그거 재미있겠구나."

소장님은 눈을 크게 뜨고 짝짝 손뼉까지 쳤다.

"재미는 있겠지요."

내가 한숨을 내쉬며 말했다.

"왜 한숨을 쉬니? 아하, 여행을 가려면 돈이 있어야 하는데 그게 문제긴 하겠구나. 그렇지만 뜻을 세우면 해결책은 생기는 법이야. 계획을 세워 돈을 모으면 되지."

"돈도 없지만 저는 영어를 잘 못하거든요. 다른 공부도 별로지만 그중 영어 점수가 제일 나빠요. 영어도 잘 못하면서 세계 여러 나라를 어떻게 돌아다니겠어요. 그건 영원히 불가능할 것 같아요."

소장님은 가만히 내 얼굴을 바라봤다.

'영어도 잘 못하면서 세계 여러 나라의 건축물을 찾아다니며 소개하는 유튜버가 되겠다고? 정말 불가능한 꿈을 꾸는군.'

보나 마나 소장님은 이런 생각을 하고 있을 거다.

"건축물에 관심도 많고 그걸 소개하는 일을 하면 재미있을 것 같다며? 가장 중요한 건 그게 아니니? 영어야 배우면 되지. 불가능한지 가능한지는 해 봐야 알 수 있는 거고. 학교나 학원 점수가 전부는 아니란다. 점수로 나타낼 수 없는 것도 있지. 사람은 누구에게나 잘하는 게 있고 잠재 능력도 있어. 잠재 능력은 자꾸 시도하고 도전해야 밖으로 나오는 거란다. 내가 흥미롭게 생각하는 것, 하고 싶은 것이 있으면 일단 도전해 보는 거야. 재미있고 흥미롭게 도전하는 것, 그게 진짜 공부거든. 아마 도전하다 보면 너도 모르는 잠재 능력이 밖으로 마구마구 튀어나올 거다. 네가 하고 싶은 걸 하는 데 영어가 꼭 필요하다고 생각하면 어느새 영어를 저절로 공부하고 있을걸? 우리나라 사람이 국어시험에서 모두 백 점을 받는 건 아니잖니? 말은 매우 잘하는데 시험 점수는 좋지 않게 나올 수 있어. 영어 점수가 나빠도 영어로 말은 매우 잘할 수 있다는 뜻이야. 악착같이 찾아보고, 뒤져 보고, 책도 읽어 보고, 결국 알면 사랑하게 된단다. 아, 오늘은 빵을 넉넉히 구웠는데 싸 줄까?"

소장님은 종이봉투에 빵을 세 개 넣어 주었다. 연구소에서 나오는데 가슴속에서 뭔가가 몽글몽글 피어나는 느낌이었다.
설렜다. 나에게 무슨 일이 일어날 것만 같은 그런 설렘이었다.

(4장)

너무 외우려고
애쓰지 마라

"웬 빵이니?"

내가 종이봉투를 내밀자 엄마는 봉투 안을 힐끗 보더니 빵 하나를 꺼내 무덤덤한 표정으로 한 입 베어 물었다. 빵을 씹는 엄마 눈이 점점 커졌다.

"이거 어디서 샀어? 정말 맛있네."

엄마는 빵이 든 봉투를 들고 형 방문을 살그머니 열었다.

"이 빵 진짜 맛있다. 먹어. 아침도 안 먹고 점심도 안 먹었잖아."

엄마가 부드럽게 말했다. 하지만 형은 대꾸하지 않았다.

"조금이라도 먹어. 먹지 않으면 기운 떨어져서 공부도 못해. 약간 떨어진 점수 빨리 올려야지. 점수가 올라가야 떨어진 자신감도 돌아오고."

이 말은 하지 않는 게 나을 뻔했다.

"안 먹어요. 됐어요."

아니나 다를까, 형이 빽 소리를 질렀다.

"그래그래, 알았어. 여기에 놓을 테니까 일단 먹어. 꼭 먹어야 해."

엄마는 먹어 달라고 통사정을 했다.

"안 먹겠다는데 왜 자꾸 그래요! 안 먹겠다는데 억지로 먹이려는 것도 학대예요. 1학년 때는 급식 시간에 선생님이 받은 음식을 남기지 말고 다 먹어야 한다고 했거든요. 요즘은 그런 말 안 해요."

나는 형도 불쌍하고 엄마도 불쌍해서 끼어들었다. 엄마가 고개를 획 돌려 나를 쏘아봤다. 엄마 눈에서 빨간색 레이저 빛이 강하게 쏟아져 나왔다.

"엄마가 아침, 점심 두 끼를 굶은 아들한테 뭣 좀 먹이려고 하는 것도 학대니? 누가 그래? 어디서 쓸데없는 것만 듣고 다니니? 그럴 시간 있으면 공부 좀 해. 매일 바닥에서 기지 말고. 네 학원 생활이 어떤지 전화 좀 자주 하고 싶어도 내가 창피해서 전화할 수가 없어."

뾰족한 화살이 나를 향해 달려들었다. 나는 재빨리 방으로 들어갔다.

"내가 형만큼 공부 머리가 있으면 룰루랄라 공부하겠다."

나는 닫힌 방문을 쏘아보며 볼멘소리를 했다. 잠시 책상 앞에 멍하니 앉아 있다가 인터넷에 들어가 '세계 여러 나라 건축물'을 검색했다. 우리나라를 비롯해 세계 여러 나라의 특이한 건물 사진이 화면 가득 떴다. 일단 우리나라 건축물 중 내가 아는 것부터 살펴보았다. 건축물에는 제각각 역사가 있었다. 드라마나 영화에서 본 내용도 나왔다. 덕분에 머릿속에 쏙쏙 들어왔다.

"재미있다. 나에게 이쪽에 잠재 능력이 있는 걸까?"

나도 모르게 중얼거렸다. 그렇지만 드라마나 영화에서 본 적 없고 전혀 알지 못하는 낯선 건축물이 나오자 잘 집중되지 않았다. 우리나라 지명과 말은 낯익어서인지 그 뜻을 잘 이해하지 못해도 읽긴 읽었다. 그러나 다른 나라 역사를 읽는 순간 나는 컴퓨터를 껐다. 도시나 사람 이름이 너무 어려워서 그걸 외우려니 내용이 머릿속에 들어오지 않았다.

'이쪽에 잠재 능력이 없나?'

이런 생각이 머리를 스치고 지나갔다.

'드르르르르륵.'

그때 문자가 왔다. 소리, 건이와 내가 같이 들어가는 단톡방이었다.

니들 뭐함?

건이 문자였다.

그러는 너는 뭐함?

내가 물었다.

나는 영어 원어민 화상 수업 이제 끝났어.
원어민 선생님과 한 시간 동안 자유롭게 대화했지.

문자에서 잘난 척하는 건이 얼굴이 보이는 것 같았다. 문자 옆에 있는 숫자가 다 사라졌다. 소리도 단톡방에 들어왔다는 증거였다.

나는 건축을 공부했어.

나도 소리 앞에서 잘난 척 좀 하고 싶었다.

공부? 정우, 네가?

건이가 문자와 함께 놀라서 눈이 튀어나오는 이모티콘을 같이 보냈다. 이어 배를 잡고 웃으면서 데굴데굴 구르는 사람 모양 이모티콘을 또 보냈다. 나는 자존심이 상했다. 소리가 있는데 저러다니.

그건 쓸데없는 짓 아니니?
그 시간에 영어나 수학을 공부해.

이번에는 건이가 고개를 절레절레 젓는 이모티콘과 함께 문자를 보냈다. 도저히 참을 수가 없었다. 속이 부글부글 끓었다. 나는 단톡방에서 아예 나왔다.

'1학년 때까지만 해도 한글도 모르고, 1 더하기 1도 모르는 찌질이였는데. 쳇, 이제 공부 좀 한다고 친구한테 이래도 되는 거야?'

부글부글 끓던 속에서 이제는 확확 불이 일었다.

'앞으로 건이하고는 아는 척도 안 할 거다.'

나는 두 주먹을 꼭 쥐었다. 그런데 시간이 지나면서 슬슬 후회가 밀려왔다.

'내가 너무 심했나? 건이는 매일 그러는 녀석인데, 단톡방에서 완전히 나온 건 좀 심한 것 아닌가. 어떻게 하지? 단톡방에 다시 초대해 달라고 할까?'

하지만 그건 자존심 상하는 일이다. 그때였다.

'디리릭.'

휴대전화 진동음이 들렸다. 건이가 나를 단톡방에 초대한 거였다. 역시 건이는 내 마음을 잘 알았다.

우리 연구소에 갈까?

건이가 물었다.

좋아.

소리가 찬성했다.

나는 조금 전에 연구소에 갔다 왔다는 사실을 말하지 못했다. 나 혼자 갔다 왔다고 하면 건이가 화낼 수도 있었다. 30분 뒤 공원 입구에서 만나기로 했다.

'내가 말하지 않아도 소장님이 말할 텐데. 아까 왔다 갔는데 또 왔네? 이럴 게 뻔해.'

걱정이 태산처럼 커졌다.

연구소 가까이 다가가자 빵 냄새가 났다. 남은 빵을 모두 나에게 주고 다시 굽는 것 같았다. 건이가 문을 밀었다.

"오호, 왔니? 어서 오렴."

소장님은 책을 읽고 있다가 우리를 돌아봤다. 나는 소장님이 '아까 왔는데 또 왔네?' 이렇게 말할까 봐 조마조마했다.

"제가 만들어 봤는데 맛있게 안 돼요. 밀가루 덩어리 맛이에요."

건이가 말했다.

"뭐든 단박에 잘할 수는 없지. 빵이 먹고 싶으면 언제든 오렴. 구운 빵을 다 먹어서 다시 굽는 중인데 오븐에 넣은 지 얼마 되지 않았어. 앉아서 기다리렴."

소장님은 구운 빵을 나에게 주었다는 말은 하지 않았다.

"오늘 원어민 선생님과 화상 수업을 했어요."

물어보지도 않았는데 건이가 자기 자랑을 늘어놓았다.

"그런데 정우는 건축 공부를 했대요. 크크크."

건이가 말끝에 웃음을 매달았다. 나는 기분이 상했지만 꾹 참았다. 내가 단톡방에서 뛰쳐나왔어도 건이는 아무 말도 하지 않았다. 왠지 기분 나쁜 티를 내면 안 될 것 같았다.

"오호, 그래? 건축 공부는 재미있었니?"

소장님이 물었다.

"에이, 소장님. 재미있는 공부가 어디 있어요. 그리고 지금 정우는 그런 딴짓을 할 때가 아니에요. 영어도 수학도 성적이 엉망진창이거든요."

엉망진창이라는 말에 정말이지 내 기분도 뒤죽박죽 엉망진창이 되었다.

"건축 공부는 재미있었니?"

소장님은 건이 말에 대꾸하지 않고 내게 다시 물었다.

"재미있긴 한데 어려웠어요. 우리나라에 있는 건축물은 그런대로 괜찮았어요. 그렇지만 다른 나라 건축물은 이름도 어렵고 건축가나 도시 이름도 꽤 낯설었어요. 몇 년에 짓기 시작해서 몇 년에 완성했는지 같은 기본 정보 외우는 것도 힘들고요."

"네가 건축물을 공부했다는 것은 관심이 있다는 뜻이잖니? 관심을 기울여 공부하다 보면 어느 순간 저절로 외워지는 순간이 올 거야. 너무 외우려고 애쓰지 마라."

"에이, 저절로 외워지는 게 어디 있어요. 중요한 건 일단 억지로라도 외워야지요. 외우지 않는 공부는 공부가 아니지요."

건이가 나섰다.

"관심과 흥미가 있으면 처음부터 완벽하게 알지 못해도 자기가 좋아하는 부분부터 알아 나가도 상관없단다. 어떤 분야에서 대단한 업적을 남긴 사람들을 보면 너희는 무슨 생각을 하니? 저 사람은 뭐든 다 잘할 거야, 뭐든 완벽하게 해낼 거야, 이렇게 생각하지? 사실은 그렇지 않단다. 대단한 사람들도 다 완벽하지는 않아. 엉성한 부분도 있고 못하는 것도 있지. 정우 네가 건축에 관심이 가는 이유를 잘 생각하고 재미있게 공부하면 어느 순간 너도 모르게 네 입에서 이름들이 척척 나올 거다. 이쪽은 좀 못하고 엉성해도 저쪽을 깊이 있게 공부하다 보면, 나중에는 잘하는 게 큰 힘이 되어 못 하던 것도 하게 되는 힘이 생긴단다. 내가 말이다."

소장님은 잠시 말을 멈추고 물을 몇 모금 마셨다.

"수학을 아주 잘하지. 대학생들에게 수학을 가르치라고 해도 가르칠 수 있을 정도야."

"진짜요? 수학을 원래 잘했어요? 학교 다닐 때 매일 백 점을 받았겠네요?"

건이가 두 손을 앞으로 모아 쥐고 말했다. 건이는 공부를 잘했다는 사람을 만나면 늘 저런 식으로 공손해진다.

"고등학교 때까지는 수학을 잘 못했지. 수학 때문에 대학 입학 시험에서 두 번이나 떨어졌는걸. 하지만 대학교에 들어간 뒤 수학이 재미있다는 것을 알게 되었지. 그때부터는 완전 수학 천재라고 불렸단다."

"수학 천재요? 와, 부럽다. 그런데 참 신기하네요. 우리 엄마가 그러는데 한 번 수포자(수학 포기자의 줄임말)가 되면 영원히 수포자가 된다고 하던데요. 수학 때문에 대학 입학 시험을 두 번이나 떨어졌는데 어떻게 수학 천재가 되었어요? 그럴 수도 있나요?"

"내가 대학교에서 하던 공부가 수학과 연관이 있었지. 수학을 잘하면 내가 하는 공부가 몇 배는 더 재미있을 것 같았거든. 그래서 수학 공부를 했단다. 내가 하고 싶어서 하니까 수학이 정말 쉽고 재미있더라고."

그때 오븐에서 땡! 하는 소리가 났다. 소장님은 오븐에서 빵을 꺼내 왔다.

"지금 당장 어렵고 잘 모른다고 해서 겁낼 필요는 없단다. 내가 초등학교 3학년 때 말이다. 밤새 풀어도 도저히 풀지 못한 수학 문제가 있었거든. 선생님이 설명해도 이해가 가지 않았어. 그러다 4학년이 된 어느 날 그 문제를 다시 봤는데 그냥 보기만 해도 답이 보이는 거야. 하나부터 열까지 완벽하게 알면서 차근차근 쌓지 않아도 된다는 말을 해 주고 싶구나. 다른 것을 하다 보면 어느 순간 모르던 것이 보이고, 어렵게 여기던 것이 쉬워 보이는 날이 올 거야. 이름 외우는 게 어렵고 힘들어서 재미있을지도 모를 일을 포기할 수는 없잖니?"

소장님이 나를 향해 한쪽 눈을 찡긋했다.

"혹시 수학연구소인가? 아까 물어볼걸."

집으로 돌아오며 건이가 말했다.

5장

형의 가출

나는 이상한 소리에 눈을 떴다. 창은 이미 환하게 밝아 있었다.

'이게 무슨 소리지? 귀신 울음소리 같아.'

가만히 누운 채 멍하니 소리를 들었다. 어젯밤 이탈리아에 있는 성당의 이야기를 찾아 읽었다. 소장님 말대로 이름을 외우지 않고 신경도 쓰지 않은 채 이야기에 집중했더니 정말 재미있었다. 그래서 시간 가는 줄 모르고 빠져들었다가 밤늦게 잠이 들었다.

"그러니까 제가 다시 한번 부탁하는 거잖아요. 흐흐흐흐흐흐흑."

이상한 소리는 엄마의 울음소리였다. 엄마가 휴대전화를 들고 거실 한가운데에 서서 통화하며 울고 있었다. 무슨 큰일이 난 게 틀림없었다.

"무슨 일……."

"정우야, 형이 너한테 무슨 말 안 했니? 특별한 얘기 같은 거?"

엄마가 전화를 끊으며 물었다.

"아뇨."

형과 나는 특별한 얘기를 주고받는 사이가 아니다.

"아, 어떡해. 어젯밤에 안 들어왔어. 휴대전화마저 방에 두고 나갔어."

엄마가 손으로 얼굴을 가리고 주저앉았다.

형이 집에 안 들어오다니. 혹시 사고? 아니면 가출? 머릿속이 복잡했다.

엄마는 경찰서에 다시 가야겠다며 밖으로 나갔다. 내가 자는 중에도 경찰서에 다녀온 모양이었다.

"어디 간 거지? 무슨 일이지?"

어디라도 전화해서 형을 찾아야 할 것 같았다. 그렇지만 나는 형에 관해 아는 게 없었다. 형 친구도 알지 못했고 형이 다니는 학원도 몰랐다.

집 안에 가만히 앉아 있을 수 없어서 밖으로 나왔다. 일요일이라 그런지 거리는 한산했다.

"제발 사고나 이런 게 아니었으면 좋겠다."

사고라는 생각만 해도 가슴이 후드득 떨렸다.

나는 이곳저곳 돌아다녔다. 건물 안에 들어가 계단 같은 곳도 살펴봤다. 걷다 보니 신나게 놀자 공원 앞이었다.

"어?"

무심코 공원 안을 바라보던 나는 걸음을 멈췄다. 저만치 떨어진 벤치에 형이 앉아 있었다.

'아, 다행이다. 사고는 아니었네. 설마, 밤새 저기서 저러고 앉아 있었던 거야? 대체 왜 저래?'

엄마의 우는 모습과 내가 걱정했던 게 떠오르면서 슬슬 약이 올랐다. 화도 났다.

'고등학교 2학년이나 되면서 왜 이렇게 속을 박박 썩여!'

나는 형을 이해할 수가 없었다. 매일 생각하는 거지만 내가 형만큼 공부를 잘하면, 그래서 엄마가 왕처럼 떠받들면 나는 엄마가 시키는 대로 할 것 같았다. 엄마 말대로 아무튼 다 형을 위해 하는 건데 왜 저럴까.

'엄마한테 전화해야지. 벤치에 편하게 앉아 있다고.'

그런데 내가 주머니 속에서 휴대전화를 꺼내려는 순간, 형이 왝 돌아봤다. 그렇게 형과 정면으로 마주 보고 섰다. 나는 이러지도 저러지도 못한 채 엉거주춤 서 있었다. 형이 나에게 손짓을 했다.

"웬일로 여기까지 왔냐?"

내가 다가가자 형이 물었다.

"형 찾으러 왔지. 지금 집에 난리가 났어."

"좀 있다 들어갈 건데."

엄마는 울고불고 난리인데 형 얼굴은 한없이 태평해 보였다.

"앉아. 조금 있다 같이 가자."

형이 턱으로 옆을 가리켰다. 나는 형 옆에 앉았다. 앉으라고 하고 형은 아무 말도 하지 않았다.

"형은 왜 공부하기가 싫어?"

아무 말도 하지 않고 있는 게 몹시 불편했다. 그래서 물었다.

"내가 공부하기 싫다고 한 적 없는데?"

형 말에 나는 형을 바라봤다. 형이 학원에 가기 싫다고 해서 요즘 엄마와 전쟁 중 아닌가. 학원에 가기 싫다는 건 공부하기 싫다는 말이지 않나?

"학원에 가기 싫다고 했잖아. 점수가 떨어져서 의대도 가기 싫다고 했고. 조금만, 조금만 더 열심히 하면 떨어진 점수 정도는 올릴 수 있다고 엄마가 그랬던 것 같은데. 그걸 거부하는 건 공부하기가 싫어서 그런 게 아니야?"

"나는 공부하기가 싫은 게 아니야. 의대에 가는 게 싫은 거지."

형이 허공을 보며 말했다.

"의대에 갈 점수가 되면 가는 게 좋은 것 아니야?"

"오정우!"

형이 나를 바라봤다.

"왜 점수로 가야 할 대학을 정해야 하는 거지? 하고 싶은 공부를 하려고 대학에 가면 안 돼? 왜 '몇 점부터 몇 점까지는 어느 대학 무슨 과' 하고 가야 할 길을 정해 놓는지 모르겠어. 오정우, 사실은 말이야."

형 얼굴이 심각해졌다.

"엄마한테는 이런 말 한 적 없거든. 너한테 처음 말하는 거야. 너만 알고 있어. 엄마한테는 말하지 말고. 왠지 자존심 상하거든."

형이 아랫입술을 질끈 깨물었다. 무슨 대단한 비밀이라도 털어놓으려는 분위기였다.

"엄마는 내가 의사 중에서도 외과 의사가 되길 바라고 있어. 수술해서 사람을 살리는 의사가 멋지고 대단해 보인다고. 그런데……."

형이 갑자기 말을 멈추고 다시 아랫입술을 질끈 깨물었다.

"나는 수술 생각만 해도 무서워. 손가락을 베어 피가 나도 벌벌 떨리고 무서운데 어떻게 수술을 해? 아마 의사가 되어 수술실에 들어가면 너무 무서워서 오줌을 쌀지도 몰라."

형은 오줌을 쌀지도 모른다는 말을 하며 피식 웃었다. 형을 따라 웃어야 하나 말아야 하나 헷갈렸다. 솔직히 웃음이 나오지 않았다.

'드르르르륵 드르르르륵.'

내 주머니 속에서 휴대전화가 울렸다. 엄마였다.

"여기 있다고 말할까?"

형에게 물었다.

"이리 줘."

형이 내 휴대전화를 받아 들었다.

"엄마, 저예요. 지금 집에 갈 거예요."

형은 자기 할 말만 마치고 전화를 끊었다.

"오정우, 가자."

"머, 먼저 가. 나는 잠깐 갈 데가 있어."

왠지 연구소에 가고 싶었다. 나는 형에게 엄마가 아침에 귀신 울음소리를 내며 울었다고, 꼭 집에 가야 한다고 다짐을 두었다. 그렇게 형과 헤어진 나는 연구소로 갔다.

"표정이 밝지 않구나. 무슨 일 있었니?"

소장님이 내 얼굴을 보며 물었다.

"집안일인데요."

나는 집안일을 함부로 말해도 되는 건지 망설였다.

"말하고 싶지 않으면 하지 않아도 돼."

마음이 이상했다. 말하지 않아도 된다고 하니까 오히려 망설임이 한순간에 사라지면서 말하고 싶었다. 나는 형과 엄마

이야기를 털어놓았다.

"정우야, 네 형 말이 맞다."

소장님이 말했다.

"길은 수없이 많아. 이곳으로 오는 길만 해도 여러 가지란 다. 공원으로 들어오는 길도 있고 저쪽 숲에서 오는 길도 있 지. 중간에 지름길도 있고 산을 둘러서 오는 둘레길도 있단다. 공원으로 들어오는 길은 편하지. 오르막도 없고 돌길도 아니 야. 숲에서 오는 길은 오르막과 내리막이 연달아 있어서 힘들 고. 하지만 나무도 많고 예쁜 길이야. 지름길은 말 그대로 아 파트나 시내 쪽에서 제일 빨리 올 수 있는 길이지. 둘레길은 멀긴 해도 산책하기에 더할 나위 없이 즐거운 길이야. 자신이 어느 길을 좋아하는지 처음에는 모를 수도 있어. 자신이 좋아 하는 길을 착각할 수도 있지. 그렇지만 이 길 저 길 다 다녀 보 면 내가 좋아하는 길이 어딘지 알 수 있단다."

소장님 말을 들으며 나는 둘레길로 한번 와야겠다고 생각 했다.

"사람마다 어느 길을 선택해서 살아갈지 고민이 많겠지? 이 곳으로 오는 길도 여러 가지인데 사람이 '하고 싶어 하는 일' 의 길은 얼마나 많겠니. 점수로 길을 정해 놓고 꼭 그 길로 가 야 한다고 강요하지 말아야 해. 하고 싶은 공부를 하게 했을 때 신이 나서 더 잘할 수 있거든. 길을 찾아가는 자유를 주면 자기 분야에서 고만고만한 나무가 아니라 큰 나무가 될 수 있지. 이 길 저 길 다 가 볼 시간이 있느냐고 물어볼 수도 있어. 사실 이 길 저 길 가 볼 수 있는 시간은 있단다. 다 되었다."

소장님은 말을 마치고 오븐으로 향했다. 그리고 하트 모양 빵을 접시에 담아 가져왔다.

"카레 냄새가 나요."

"딩동댕! 빵 이름이 '카레 사랑'이란다."

"소장님은 여기서 뭘 연구하는 거예요? 취미로 빵을 만드는 건 집에서도 할 수 있잖아요."

"음, 이 공원과 산에서 그동안 볼 수 없던 뭔가를 발견했다는 말을 들었거든. 그것 때문에 이곳에서 잠시 머물고 있지. 빵은 내가 좋아해서 만들어 먹는 거고. 이곳에 혼자 있으니 제법 여유가 있어서 이것저것 여러 종류의 빵을 만드는 중이란다."

"뭐를 발견했는데요?"

"그건 나중에 말하마. 아직 말할 수가 없구나."

소장님이 웃었다.

나는 카레 사랑 빵을 먹으며 형을 생각했다. 형이 자기가 가고 싶은 길로 갔으면 싶었다.

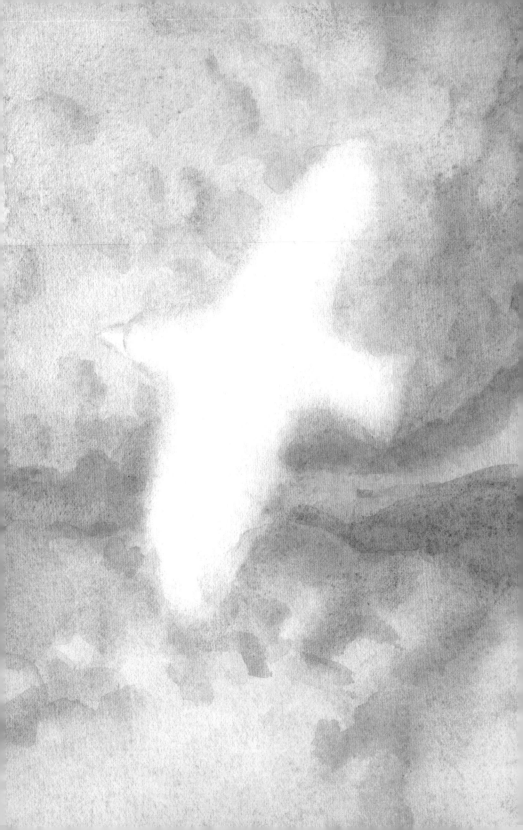

6장

진짜 공부

"오정우, 내가 건축가에 관해 알아봤거든."

건이가 휴대전화에서 뭔가를 찾아 내게 내밀었다.

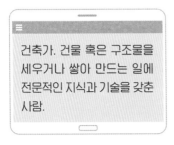

건축가. 건물 혹은 구조물을
세우거나 쌓아 만드는 일에
전문적인 지식과 기술을 갖춘
사람.

"건축가가 되려면 대학교에서 관련 공부를 해야 해. 그런데
건축학과에 들어가기가 몹시 힘들대. 너, 텔레비전에 자주 나

오는 유명한 건축가 봤지? 그 사람은 우리나라에서 제일 좋은 대학을 졸업하고 세계에서도 알아주는 대학원에서 공부했대. 정우, 너도 그럴 수 있어?"

"정우는 건축가가 되겠다고 말한 적 없는데."

소리가 나섰다. 나는 소리가 무척이나 고마웠다. 사실 나는 건축물에 관심이 있다는 말만 했었다.

"소리야! 너, 정우를 편드는 거야?"

건이 표정이 변했다.

"편들긴 누가 편을 들어. 좋아, 나는 빠질게. 너희 둘이 알아서 해!"

소리는 쌩하고 돌아서서 자기 자리로 갔다.

"너, 요즘 왜 그래?"

나는 참지 못하고 건이에게 말했다.

"내가 뭘?"

"왜 자꾸 소리 앞에서 내게 창피를 주려고 하느냐고."

"내가 언제? 나는 너를 아주아주 진정한 친구라고 생각해. 그래서 네가 헛된 꿈을 꿀까 봐 미리 말하는 거야. 어차피 불가능한 일에 공연히 도전하면 힘만 들잖아. 시간도 낭비하고."

"아무튼, 앞으로는 소리 앞에서 내가 공부를 못한다는 말 같은 건 안 했으면 좋겠어."

나는 진심으로 말했다.

"내가 말하지 않아도 네가 공부를 못한다는 건 소리도 다 알고 있잖아."

애가 요즘 얄미워지는 마법의 뭔가를 먹고 있는 듯했다. 날이 갈수록 얄미워졌다.

"그래, 그러니까 말하지 말라고. 다 알고 있는데 굳이 말할 필요 없잖아."

나는 볼멘소리를 하고 내 자리로 돌아왔다. 온종일 건이와 한마디도 하지 않았다.

"정우야, 우리 오늘 연구소에 갈까?"

수업이 끝나자 건이가 아무 일도 없었다는 듯 물었다. 아침에 있었던 일은 다 잊은 것 같았다. 하긴 이것이 건이의 좋은 점이다. 싸우고 나면 항상 건이가 먼저 말을 건다.

"학원 안 가?"

"오늘 우리 학원 휴강이야. 원장님이랑 선생님들이 공부하러 간대. 수요일이라 너도 소리도 학원에 가지 않잖아."

"그러지 뭐."

나는 고개를 끄덕였다. 소리도 좋다고 했다.

"어? 오늘은 빵 냄새가 나지 않는다."

공원을 지나 숲길로 들어서면 어김없이 풍겨 오던 빵 냄새가 나지 않았다.

"어랏! 문도 잠겼어."

나무문을 밀고 나서 건이가 말했다.

"좀 기다리자."

건이가 나무문 앞에 쪼그리고 앉았다.

"으으으으, 버 버 벌레. 무 무 무서워."

소리가 나무 벽을 가리켰다. 소리가 가리킨 곳을 보니 저번에 소장님과 같이 본 벌레 두 마리가 우리를 향해 힘차게 기어 오고 있었다.

"괜찮아."

나는 벌레를 덥석 집어 다른 방향으로 돌려놓았다. 그러자 벌레 두 마리는 반대쪽으로 씩씩하게 기어갔다.

"무섭지 않아? 물리면 어쩌려고 그래. 독이 있으면 큰일 나는데."

소리가 두 눈을 동그랗게 떴다.

"독 없어."

"처음 보는 벌레인데 독이 있는지 없는지 네가 어떻게 알아?"

건이가 물었다. 나는 소장님한테 들었다고 말하려다 그만두었다. 그때 저쪽을 향해 열심히 기어가던 벌레 두 마리가 다시 방향을 이쪽으로 틀더니 빨빨거리며 기어 왔다. 보여줘! 벌레가 이렇게 말하는 것 같았다. 나는 벌레 한 마리를 집어 내 손등에 올려놓았다. 벌레는 손등을 지나 팔목으로 기어

갔다. 잠시 후 나는 벌레를 내려놓았다.

"너, 저 벌레를 알아? 벌레 이름이 뭐야? 에이, 잘 모르면서 독이 없다고 그런 거지? 내가 곤충에 관심이 있는데 분명 독이 있어 보였어. 너, 오늘 운이 엄청 좋아서 벌레한테 물리지 않은 거야."

건이는 못마땅한 표정이었다. 내가 소리 앞에서 잘난 척하는 것으로 보인 모양이었다.

'끼이이익.'

그때였다. 나무문이 열리며 소장님이 나왔다.

"어디 가신 줄 알았는데 계셨네요?"

"오, 너희 왔구나. 들어와라. 내가 오전에는 네 시간 정도를 혼자 생각하며 보내거든. 무슨 일이 있어도 그 시간은 꼭 지키지. 혼자 있을 때 아이디어도 많이 떠오르고 생각도 자라거든. 아주 오래전부터 몸에 밴 습관인데 그 시간이 좋고 행복하단다. 오늘은 아침에 일이 있어서 어디 좀 다녀오는 바람에 생각하는 시간이 뒤로 밀렸단다."

"그럼 오늘은 빵을 못 먹겠네요?"

건이가 배를 살살 문지르며 물었다.

"아, 빵이야 지금 구우면 되지. 발효한 반죽이 있으니까. 구워 줄까?"

소장님은 냉장고를 열어 반죽을 꺼냈다.

"어? 저기."

건이가 벽을 가리켰다. 모두의 눈이 벽으로 향했다.

"아, 사라졌다. 나무 틈새로 들어갔어. 조금 전에 정우가 손등에 올려놓았던 벌레였는데. 다시 봐도 처음 보는 벌레야."

건이가 중얼거리듯 말했다.

"우리나라에서 볼 수 없었던 벌레가 맞아."

소장님은 반죽을 뚝뚝 떼 소라 모양으로 만들어 오븐에 넣으면서 말했다.

"엇! 소장님도 벌레에 관심이 있어요? 그런데 우리나라에서 볼 수 없었던 벌레가 왜 여기에 있어요? 혹시 소장님이 수입해서 키우는 거예요?"

"하하하하, 그렇지 않아."

건이 말에 소장님은 목을 젖히고 웃었다.

"이 벌레는 예전에 우리나라에서는 볼 수 없었지. 한데 이곳에서 발견했어. 빵이 맛있게 잘 구워져야 할 텐데."

소장님이 오븐을 바라봤다. 고소한 빵 냄새가 연구소에 가득 퍼졌다.

"저기, 이 책은 뭐죠? 곤충과 동물 사진이 실려 있는데 다영어로 쓰여 있어요. 소장님, 영어로 쓴 책도 읽으세요?"

건이가 책장에서 책 한 권을 꺼내 펼치며 물었다.

"《동물행동학 백과사전》이지. 세계 과학자 530명이 쓴 책이란다. 나도 이 책을 함께 썼지."

"소장님이요? 소장님이 과학자세요? 와, 대박! 공부를 아주 잘해야 과학자가 될 수 있는데. 공부를 어느 정도 잘해야 세계 과학자들이랑 같이 이런 책을 쓸 수 있어요? 매일 백 점만 받았어요? 학교 성적이 엄청 좋았겠네요. 혹시 날마다 올백?"

건이는 두 눈을 동그랗게 뜨고 여러 가지 질문을 한꺼번에 쏟아냈다.

"너희는 내가 몇 살로 보이니?"

소장님은 대답 대신 엉뚱한 질문을 했다.

"네!? 그, 글쎄요."

건이와 나, 소리는 서로의 얼굴을 번갈아 바라봤다. 솔직히 어른들 나이는 잘 모르겠다. 짐작으로 말하면 자칫 실수할 수 있다. 진짜 나이보다 많게 말하면 어른들도 삐친다. 우리 할머니는 시장에 있는 정육점에는 절대 가지 않는다. 정육점 사장님이 할머니 나이를 진짜 나이보다 다섯 살이나 위로 말한 게 그 원인이다.

"유 유 육…… 오십 살?"

건이가 말했다. 아무리 그래도 오십 살은 너무했다.

"하하하하, 젊게 봐 주니 고맙구나. 내가 이 질문을 왜 하느냐면 말이다. 요즘엔 외모만 보고는 나이를 가늠하기 힘들기 때문이야. 의료 기술이 많이 발달해서 그렇지. 그처럼 모든 것이 빠르게 변하는데 공부는 수십 년 동안 똑같아. 건이가 '공부'라는 말을 입에 달고 다녀서 하는 말이란다. 예전에 내가 학교에 다닐 때 하던 공부를 요즘 아이들도 똑같이 하고 있지. 숱한 세월이 지났고 많은 것이 변했는데 학교에서 가르치는 건 변하지 않았어. 그리고 점수로 판단하지."

"당연하죠. 공부는 똑같은 것 아닌가요? 수학 공식이 바뀌는 것도 아니고."

건이가 말했다.

"수학 공식이 바뀌는 일은 당연히 없지. 국어 문법도 바뀌지 않아. 영어 단어가 바뀌는 일도 없고 말이다. 그렇지만 학교에 다니며 1점 혹은 10점을 더 받는 것에 매달리는 공부는 바뀌어야 하지 않을까? 점수에 울고 웃는 그런 공부가 아니라 변하는 세상에서 잘 살아갈 수 있는 공부를 해야 한다는 말이지. 건이 너는 왜 공부를 한다고 생각하니?"

"네? 글쎄요, 좋은 대학교에 가기 위해서?"

"공부는 사람이 잘 살아가기 위해 하는 거란다. 나는 이미 오래전에 학교를 졸업했지만 지금도 쉬지 않고 공부한단다. 자꾸만 하고 싶은 일이 생기거든. 이제 다 된 것 같다."

소장님이 오븐에서 빵을 꺼냈다.

"이거 완전히 마법의 빵 같아요. 자꾸 먹으러 오고 싶다니까요. 빵을 먹으면서 소장님하고 말하는 것도 재미있어요."

건이가 말했다.

"하하하하, 네 말대로라면 마법의 빵이 맞구나. 나와 이야기하는 게 재미있다니 빵의 힘이 대단하네. 사람은 먹거리를 같이 먹으면서 서로 대화도 나누지. 대화하다 보면 많은 것을 알게 되고, 그 결과 마법 같은 일이 일어난단다. 혹시 아니? 너희와 나 사이에도 마법 같은 일이 일어날지."

소장님 말이 알아들을 듯 말 듯 어려웠다.

"그런데 너는 말을 거의 하지 않는구나. 원래 말이 좀 없는 편이니?"

소장님이 소리에게 물었다.

"저, 말 잘해요. 다만 요즘 건이와 정우랑 같이 있을 때는 가능한 한 말을 하지 않으려고 노력해요. 건이와 정우가 둘 다 저를 좋아하거든요."

"누 누 누가 그래?"

건이가 얼굴이 벌게져서 말을 더듬으며 물었다. 나도 귀밑이 뜨거워졌다.

"나는 뭐 그 정도 눈치도 없는 줄 아니? 척 보면 알지. 제가 정우 말에 맞장구치면 건이가 삐치고 건이 말에 맞장구치면 정우가 삐쳐요. 그러니 제가 어쩌겠어요. 입이 간질거려도 참을 수밖에요."

"그러면 너는 누구를 좋아하니?"

소장님이 빙그레 웃으며 소리에게 물었다.

"그건 비밀이죠. 우리 셋은 한 세트거든요. 제 말 한마디에 그 세트가 와장창 깨질 수도 있어요. 저는 정우와 건이랑 한 세트로 끝까지 가는 게 좋아요."

비밀이라고? 저 말은 소리가 나와 건이 중에 누군가를 좋아하고 있다는 말이 아닌가. 그게 누군지 엄청나게 궁금했다.

7장

편지 쓰기

"저도 할 수 있을까요?"

나는 소장님을 바라봤다. 어제 유명한 건축가가 진행하는 방송에 들어갔다가 놀라운 소식을 들었다. 그 건축가는 이번 겨울에 특별한 이벤트를 한다고 했다.

"제 방송에 학생들도 꽤 많이 들어와요. 그중에는 건축가를 꿈꾸는 예비 건축가도 있을 거예요. 건축가를 꿈꾸는 건 아니지만 여행 중에 어떤 건물을 보고 홀딱 반해 건축에 관심이 생긴 학생들도 있을 거고요. 그래서 이번 겨울에 제 방송에 들어오는 학생 중 두 명을 뽑아 원하는 나라로 건축 여행을 떠나려고 합니다. 참여하고 싶은 학생은 한 건물을 자세히 설명하는 영상을 찍어 보내 주면 됩니다. 어느 나라, 어느 건물이든 상관없어요. 아, 영어로 설명하면 좋겠어요."

나는 건축가의 말을 듣고 심장이 폭발하는 줄 알았다. 그 건축가가 뽑는 두 명 중 한 명이 꼭 되고 싶었다. 소장님에게 그 건축가의 말을 전하며 내가 물었다.

"안 되겠지요? 저는 영어를 잘 못하는데 무슨 수로 영어로 건축물을 설명하겠어요."

한숨이 절로 나왔다. 5학년이 되도록 지금까지 뭐 하느라고 영어를 제대로 공부하지 않았는지 나 자신이 한심스러웠다.

"영어로 설명하라고 하든?"

"네."

잠시 침묵이 흘렀다.

"그 두 명 중 한 명이 되고 싶은 마음이 얼마나 간절하니?"

소장님이 물었다.

"아주 많이요."

"'아주 많이요' 이러지 말고 듣는 사람이 감동할 수 있게 표현하렴."

나는 멍하니 소장님을 바라봤다. 뭘 어떻게 표현하라는 것인지 알 수가 없었다. 나는 책도 잘 읽지 않았다. 책을 많이 읽었다면 표현력이 아주 뛰어날 텐데. 책이라고는 유치원에서 선생님이 읽어 준 내용밖에 기억나지 않는다.

'아!'

유치원 생각을 하는 순간 갑자기 머릿속이 환해졌다.

"인어공주가 다리를 갖고 싶어 했잖아요. 그 마음만큼 간절해요."

나는 말을 하면서도 5학년이 하는 말이라고 하기엔 너무 유치한 표현이 아닌지 걱정했다.

"오호! 그것 참 대단한 표현이다. 그렇게 간절한 마음이라면 단단한 벽도 뚫을 수 있지. 네가 두 명 중 한 명에 꼭 들고 싶은 그 간절한 마음을 편지로 써 보렴."

"편지요?"

아쉽게도 나는 글쓰기 역시 별로다. 일기도 세 줄 이상 써 본 적이 없다.

"편지를 써서 그 건축가에게 보내자."

"네!? 저는 그 건축가의 집 주소도 모르는데요."

"집 주소는 몰라도 메일 주소는 내가 한번 알아보마. 편지 쓰기가 싫으면 전화 통화를 해 볼래?"

"아, 아니에요. 저보고 욕심만 많은 이상한 아이라고 할 거예요."

"흠, 그럴 수도 있지. 같은 내용이라 해도 전화로 하면 오해가 생길 수 있거든. 특히 모르는 사이에는 더 그래. 그러니 편지를 써 보라는 거야. 편지는 다르거든. 글쓰기를 너무 두려워

하지 마라. 나도 어렸을 때는 글쓰기를 어려워했어."

소장님 표정이 진지했다.

"지금은 잘하세요?"

"잘하는 편이지. 내가 어려워하던 글쓰기에 어떻게 재미를 붙이고 잘 쓰게 되었는지 아니? 음, 내가 외국에서 공부하던 시절이니까 아주 오래전 일이야."

나는 '외국'이라는 말에 깜짝 놀랐다.

"외국에서 공부하셨어요? 그럼 영어도 엄청 잘하겠네요? 아, 맞다. 그러니까 세계 과학자들과 함께 책도 썼겠지요."

나는 진심으로 부러웠다.

"잘하지. 그렇지만 처음부터 잘한 건 아니었어. 영어로 말해야 하고 공부도 해야 하니 열심히 배웠지. 외국인 친구와 친하게 지내며 수다도 많이 떨고 말이다."

"그래도 저는 못했을 거예요."

"외국인 친구가 나에게 '해 보기 전에는 될지 안 될지 절대 알 수 없어'라는 말을 자주 했지. 그 친구에게 그런 말을 자주 들으니 어느 순간 나는 '안 될 거야, 못하겠어, 불가능해' 같은 생각을 하지 않게 되었단다."

"진짜 좋은 친구네요."

"내가 존경하는 교수님이 있었는데 그분이 계신 학교는 누구나 들어가고 싶어 하는 대학교였지. 나는 그 교수님을 만나

고 싶었어. 그래서 교수님을 만나고 싶다고 편지를 썼지. 그때
는 영어 표현이 서툴러서 그 친구에게 편지를 제대로 썼는지
봐 달라고 했어. 그 친구가 뭐라고 했는지 아니? '너, 지금 제
정신이야!' 이러고 소리쳤지."

"왜요? 영어를 너무 못해서 편지를 엉망진창으로 썼어요?"

"하하하, 그게 아니야. 그 교수님은 우리 같은 사람이 쉽게
만날 수 있는 그런 분이 아니라는 뜻이었지."

"와, 그 건축가만큼 아주 유명한 분이었나 봐요. 그래서 어
떻게 했어요? 포기했어요?"

"아니, 메일을 보냈지. 그런데 얼마 지나지 않아 답장이 왔
단다. 만나고 싶을 때 미리 연락하고 찾아오라고. 내가 그 친
구한테 교수님에게 답장이 왔다고 말했더니 엄청 놀라더구
나. 그러면서 '역시 해 보지 않고는 모르는 거구나'라고 말했
단다. 그때 내가 글을 아주 잘 쓴 것도 아니야. 영어 표현에 많
이 서툴던 시절이었으니까. 그저 만나고 싶어 한 간절함이 통
했던 거지. 그렇게 교수님을 만났고 나는 그 학교에서 공부했
단다."

"와, 소장님 용기가 대단해요."

나는 진심으로 감탄했다.

"글쓰기는 자기 생각을 나타내는 것이지. 생각을 잘 드러내
면 다른 사람이 감동할 수도 있어. 글쓰기는 시험을 보듯 남

의 생각이나 배운 것의 정답을 찾아 쓰는 게 아니야. 네 생각을 잘 정리하면 돼. 신기하게도 그렇게 글쓰기를 하다 보면 자신이 어떤 생각을 하고 있는지 알아차리면서 자신을 알게 된단다. 자기 생각을 깊이 들여다보면 자신이 뭘 하고 싶은지도 알게 되지."

소장님 말을 듣자 용기가 생겼다. 내가 영어로 편지를 쓰는 것도 아니고 우리말로 쓰는데 두려워할 필요는 없을 것 같았다. 일단 도전하고 싶었다.

"한번 써 볼게요."

"그래, 잘 생각했다. 오늘은 빵을 많이 구웠단다. 가지고 가거라."

"참 이상해요."

"뭐가?"

"소장님이랑 마주 앉아 있으면 마음속 말을 다 하게 되거든요. 자존심 상해서 다른 사람에게는 하지 않는 말도요."

"그게 말이다. 혹시 마법의 빵 덕분이 아닐까? 저번에도 말했지? 같이 마주 앉아 뭔가를 먹을 때 굉장히 친해지거든. 빵 없이 마주 앉아 서로를 쳐다보고 있었다면 편하게 대화하지 못했을 거야."

나는 고개를 끄덕였다. 소장님 말이 맞는 것 같았다.

"건축가에게 보내는 편지는 내일까지 써 올까요?"

"내일까지 써서 바로 보내지 말고 몇 번 읽은 뒤 고칠 부분이 있으면 고쳐서 보내도록 하자. 미리 써서 계속 읽어 보고 고치면서 완성하는 거지. 그런 훈련을 거치면 어느 순간 글쓰기를 잘하게 될 거야. 그럼 내일 왜 두 명 중 한 명에 꼭 들고 싶은지 건축가에게 보낼 편지를 써 오렴."

집에 와서 현관문을 여는 순간 형 운동화가 눈에 들어왔다. 오늘도 형은 학원에 가지 않았다. 엄마는 베란다에서 꼼짝하지 않고 밖을 내다보고 있었다.

나는 까치발을 하고 형 방으로 다가가 살그머니 문을 열었다. 형은 이불을 머리끝까지 뒤집어쓰고 누워 있었다.

"형, 빵 먹어."

나는 빵이 든 봉투를 침대맡에 두고 나왔다. 공원에서 형과 이야기를 나눈 후로 어쩐지 형이 가깝게 느껴졌다.

나는 밤늦도록 건축가에게 보낼 편지를 썼다. 두 줄 정도 쓰다 지우고 다시 쓰기를 반복하니 어느새 밤이 깊어졌다.

'너무 잘 쓰려고 하지 말고 그냥 내 마음을 있는 그대로 전달하자.'

그래도 밤을 꼬박 새웠다. 새벽이 되어서야 마음에 드는 편지를 완성했다.

안녕하세요. 저는 선생님의 방송을 보는 초등학교 5학년 오정우라고 합니다. 저는 건축에 관심이 많아요. 텔레비전이나 책에서 특이한 건물을 보면 그 건물을 누가 만들었는지, 왜 그렇게 만들었는지 궁금해요. 그래서 당장이라도 그곳으로 달려가 직접 보고 싶다는 생각을 합니다. 저는 이번 겨울에 건축가 선생님이 뽑는 두 명 중 한 명에 꼭 들고 싶어요. 사실 저는 영어를 잘 못해요. 그렇지만 지금부터 영어를 열심히 공부할 거예요. 제가 두 명 중 한 명에 든다면 외국에 갈 때까지 꼭 영어 실력을 키우겠습니다. 영상은 그냥 우리말로 설명하면 안 될까요? 진짜, 진심으로 두 명 중 한 명에 들고 싶어요. 인어공주가 다리를 갖고 싶어 했던 것만큼 간절해요. 그럼 안녕히 계세요.

두 명 중 한 명에 꼭 들고 싶은 오정우 올림

8장

도서관

"와아아아아! 왔다, 왔어!"

나는 분식집이 떠나가라 소리쳤다. 맞은편에 앉은 소리가 놀라서 포크를 탁자 위에 떨어뜨렸다.

"뭐가 와?"

건이가 내가 들고 있던 휴대전화를 낚아챘다.

"이게 뭐야?"

"내가 보낸 메일에 답장이 왔어. 이리 줘."

건축가에게 메일을 보낸 뒤 매일 수십 번도 넘게 메일을 확인했다. 분명 수신 확인은 했는데 답장이 오지 않았다. 며칠을 기다려도 답장이 오지 않자 나는 슬슬 포기할 생각이었다. 그래도 미련이 많이 남아 메일을 쉬지 않고 확인했다.

건축가가 보낸 메일을 읽는데 가슴이 쿵! 내려앉았다.

"뭔데 그래?"

건이가 다시 휴대전화를 빼앗았다. 건이는 건축가가 내게 보낸 답장과 내가 건축가에게 보낸 메일까지 모두 읽었다. 그러고는 소리에게도 읽어 보라며 휴대전화를 건넸다.

"차라리 달걀로 바위를 깨뜨리는 게 더 쉽겠다. 소리, 너는 이게 가능하다고 생각해?"

건이가 소리에게 물었다.

"나는 몰라. 자꾸 나한테 묻지 마. 지금 내가 내 생각을 말하면 둘 중 하나는 삐칠 것 아냐."

소리는 고개를 저었다.

나는 휴대전화를 받아 들고 자리에서 일어났다.

"어디 가려고? 떡볶이 다 먹고 가야지."

"나는 그만 먹을래. 너희 둘이 다 먹어."

나는 분식집에서 나왔다. 건이와 소리가 따라 나왔다.

"메일 보낸 용기는 대단해. 하지만 절대 이룰 수 없는 바람인 것 알지? 오정우, 너 그 건축가가 메일에 쓴 대로 할 수 있어? 혹시라도 그 건축가가 너를 뽑아 준다고 해도 그래. 네가 무슨 수로 이번 겨울까지 영어를 잘할 수 있겠어. 몇 년 동안 학원에 다녔어도 못한 걸 몇 달 안에 어떻게 할 수 있겠어. 절대 못 할 거야."

건이는 '절대'라는 말에 힘을 주었다.

나는 소리, 건이와 헤어지고 곧장 연구소로 갔다.

"공연히 메일을 보낸 것 같아요. 대놓고 거절하기 힘드니까 이런 식으로 거절한 것인지도 몰라요."

나는 건축가에게 온 메일을 소장님에게 보여줬다.

오정우 학생, 반가워요. 메일 잘 받았어요. 정우 학생의 글에서 진심이 느껴졌어요. 그렇지만 나는 모든 학생에게 공평해야 한다고 생각해요. 영상은 영어로 만들어야 해요. 영상을 제출하기까지는 시간이 남았어요. 정말 간절하다면 성공할 수 있을 거예요.

정우 학생을 꼭 만나고 싶은 건축가 ○○○

"거절한 것 맞지요?"

내가 소장님에게 물었다.

"거절한 건 아니지. 너를 꼭 만나고 싶다고 쓰여 있잖아. 편지를 보낸 덕분에 이런 답장을 받을 수 있었던 거란다. 편지를 보내지 않았다면 이런 일도 일어나지 않았을 테지. 그리고 답장을 보니 건축가의 말이 맞아. 모두에게 공평해야지. 각자의 사정을 다 들어주는 건 공평한 게 아니잖아. 도전하렴."

"소장님이 제 영어 실력을 몰라서 그래요. 저, 완전히 심각하거든요."

나는 고개를 저었다.

"이렇게 하는 건 어떠니?"

소장님이 의자를 끌어당겨 내 앞으로 다가앉았다.

"네가 소개하고 싶은 건축물을 공부하는 거야. 그 내용을 잘 정리해서 글로 쓰렴. 그러면 내가 영어로 번역하는 걸 도와주마."

"불가능해요. 번역을 도와주셔도 그걸 외워 자연스럽게 말해야 하잖아요. 7분에서 10분 정도 소개하는 영상인데 제가 무슨 수로 그걸 해요? 우리말로 하는 것도 떨려서 제대로 하기 힘들 것 같아요."

"그럼 해 보지도 않고 포기할래? 해 보지 않고는 결과를 알 수 없다고 말한 것 같은데. 그 건축가가 너를 꼭 만나고 싶다잖니. 만나야지. 안 그래?"

소장님이 내 눈을 빤히 바라봤다. 솔직히 만나고 싶었다. 그것도 꼭!

"한번 도전해 볼게요. 그런데 어떤 건축물을 소개하죠? 이벤트에 참가하는 사람들은 대부분 유명한 건축물을 소개할 거예요. 소개와 설명을 잘 해야 할 텐데, 뭘 하죠?"

나는 휴대전화를 꺼내 인터넷에 들어갔다.

"인터넷에 나오는 정보를 보고 하려고?"

"그럼 어떻게 해요? 그런 걸 가르치는 학원에 가야 해요?"

"아주 훌륭한 선생님이 있는데 그분을 찾아가는 게 좋겠다."

닫힌 귀가 활짝 열리는 것 같았다.

"그런 걸 가르치는 학원도 있어요? 어디에 있는 학원이에요?"

"학원이 아니라 도서관이야. 도서관에 가면 책이라는 아주 훌륭한 선생님을 만날 수 있지. 도서관에 가서 건축물 책을 몇 가지 찾아 읽고 어떤 걸 소개하면 좋을지 결정하렴. 일단 결정한 다음에는 그 건축물과 관련된 모든 책을 찾아 읽어라. 다른 사람이 찾기 힘든 정보까지 다 찾아서 읽어야 해. 책만큼 정확하고 친절하게 가르쳐 주는 선생님은 없단다."

나는 연구소에서 나와 곧장 집에서 가까운 도서관으로 갔다. 그리고 내가 알고 있는 건축물 책을 찾았다.

'피라미드, 사그라다 파밀리아, 시드니 오페라 하우스, 바티칸 성 베드로 성당, 파리 에펠탑, 타지마할. 이 중에서 어떤 거로 하지?'

나는 도서관 한쪽 구석에 앉아 중요하다고 생각하는 걸 공책에 적어 가며 책을 읽기 시작했다. 그때 주머니 속에서 휴대전화가 울렸다.

뭐함?

건이었다. 나는 바빠서 확인만 하고 답을 하지 않았다.

뭐하냐고!

다시 문자가 왔다. 확인만 하고 답하지 않으면 계속 물어볼 것 같았다.

도서관

나는 답하고 나서 휴대전화를 가방에 넣었다.

이 건축물을 소개하자고 마음먹고 나면 저 건축물이 더 멋져 보였다. 그래서 그걸로 결정하고 나면 다른 게 더 나은 것 같았다.

"야!"

한창 집중하고 있는데 누군가가 내 어깨를 힘껏 쳤다. 건이었다. 소리도 같이 왔다. 나는 건이 손에 이끌려 자료실 밖으로 나왔다.

"너, 왜 문자에 답도 하지 않고 전화도 안 받아? 네가 도서관이라고 해서 내가 열 번도 넘게 문자를 보냈거든. 확인하지 않아서 전화도 했다고."

"어? 휴대전화 소리 못 들었는데. 내가 집중해서 책을 읽느라고 못 들었나 봐."

"얘가 뭐래? 오정우, 그걸 말이라고 해? 네가 전화 소리를 못 들을 정도로 집중해서 책을 읽었다는 걸 핑계라고 대니?"

"진짜야."

나는 짜증이 났다. 한창 집중하고 있는데 찾아와 방해하는 것도 모자라 핑계라니.

"왜 화를 내? 너, 소리 앞에서 잘난 척하고 싶어서 그러는 거지?"

"아니거든. 나, 지금 바빠. 공부해야 한다고."

나는 다시 자료실로 들어가려고 했다.

"야, 우리가 여기까지 왔는데 책을 읽을 테니 우리보고 그냥 가라고?"

"너도 저번에 너 학원 마칠 시간에 나랑 소리랑 학원 앞으로 오라고 했었지. 그런데 갑자기 보충해야 한다고 그냥 가라고 했잖아. 너는 그 보충 수업을 받지 않아도 되는 것이었는데 말이야. 나는 너한테 이곳으로 오라고 한 적도 없어."

"야! 학원하고 그깟 책 읽는 것하고 같냐? 책은 시간 있을 때 읽으면 되잖아. 학교나 학원 공부가 아니니 하지 않아도 상관없고. 잘난 척하지 마."

건이가 목소리를 높였다. 소리가 나와 건이의 팔목을 잡고 도서관 밖으로 나왔다. 밖으로 나오자 건이는 횅하니 가 버렸다. 소리는 중간에서 어쩔 줄 몰라 하며 서 있더니 이렇게 말하고는 가 버렸다.

"내가 지금 건이를 따라가면 정우 네가 삐칠 거고, 여기에 있으면 건이가 삐치겠지? 나, 집에 간다."

더 이상 책을 읽을 기분이 아니었다. 나는 책을 대출해서 들고 도서관에서 나왔다. 기분이 꽉 상해 집으로 곧장 가기가 싫었다. 나는 연구소로 갔다.

"표정이 왜 그러니? 아까 여기서 나갈 때와는 완전히 다르구나."

"정말 화나요. 진짜 친구인지 아닌지 요즘 매일매일 헷갈려요."

나는 조금 전에 있었던 일을 소장님에게 말했다.

"음, 그건 건이가 잘못 알고 있구나. 건이는 책을 취미로 읽거나 공부하다가 머리를 식힐 때 읽는 거라고 생각하는 것 같아. 책은 엄청난 실력을 갖춘 선생님인데 말이야. 지난번에 내가 말했지? 모든 것이 빠르게 변한다고. 그럼 초등학교부터 대학교까지 배운 것으로 백 살까지 살 수 있을까? 하루하루가 달라지는데? 빠르게 달라지는 세상에서 살아가려면 평생 공부를 해야 해. 그렇다고 평생 학교에 다니기는 불가능하지. 학교에 다니는 대신 책으로 공부해야 한단다. 공부하는 거니까 당연히 휴대전화 소리를 못 들을 정도로 집중해서 읽어야지."

소장님 말을 듣자 막혔던 속이 뻥 뚫리는 것 같았다.

9장

숙론

"좀 길구나. 이러면 어떻겠니? 건축물 정보는 가능한 한 짧
게 하고, 건축물에 관한 네 생각을 중심으로 말하는 게 좋겠
구나. 다른 건축물과 비교하는 설명도 재미있을 테고. 너만의
방법을 찾아보는 거야."

나는 소장님이 알려 준 대로 글을 고쳤다. 여섯 번째 고치
고 나자 처음 썼을 때보다 내용이 10분의 1로 줄었다.

"그럼 같이 번역할까?"

나와 소장님은 마주 앉았다.

"이 단어들의 뜻은 네가 하나하나 찾으렴."

소장님은 내가 쓴 글에 해당하는 영어 단어를 종이에 써 주

었다.

세상에 태어나 12년을 살면서 내가 이렇게 영어에 집중해본 적은 단 한 번도 없었다. 앉은자리에서 단어를 한꺼번에 이토록 많이 찾아본 적도 없었다. '그냥 소장님이 알아서 번역해 주면 좋을 텐데.'

"내가 번역을 다 하면 네가 외우기가 더 힘들어."

소장님이 내 마음을 알아차렸다.

소장님 말이 딱 맞았다. 같이 번역했는데도 외우기가 힘들었다. 단어마저 찾아보지 않았다면 더 힘들었을 거다.

"5학년이 되기까지 제가 뭘 하고 살았는지 모르겠어요."

너무 속상해서 눈물이 나오려고 했다.

"평생 공부하며 살 건데 뭘 걱정이니? 지금은 조금 느리게 여겨지겠지만 어느 순간 네가 앞서갈 수도 있어."

소장님은 한 줄 한 줄 읽으며 녹음하라고 했다.

"너무 짧아서 시시하다고 생각하면 어떻게 해요? 7분에서 10분 정도 영상을 만들라고 했는데요."

영상 시간을 채울 수 있을지 슬며시 초조했다.

"긴 글이 다 좋은 글은 아닌 것처럼 말도 길게 해야 알찬 건 아니란다. 자기 생각을 정확히 드러낼 수 있다면 길고 짧은 것은 상관없어. 네 생각대로 잘 설명하고 소개하면 그만이지. 내가 말이다. 너한테 상처를 주려고 하는 말이 아니고 너도 네 실력을 인정하니까 하는 말인데…… 현재 너한테는 이 정도 길이도 벅차. 하하하하, 기분 상하지 않았지?"

"전혀요."

나는 소장님과 마주 보고 웃었다.

소장님 앞에서 연습하며 나는 자꾸만 멈칫거렸다. 발음이 이상하지 않은지, 틀리지는 않았는지 걱정스러워서다.

"실수해도 괜찮아. 자신 있게 말하렴. 살면서 실수하지 않는 사람은 없단다. 실수하는 것도 공부야. 실수가 두렵고 무서워서 아예 시작하지도 않으면 아무 일도 일어나지 않아. 아무 일도 일어나지 않는 건 좋은 게 아니란다. 일단 도전하고 또 도전하다 보면 실수도 하지. 그렇게 실수하면서 더 탄탄한 사람이 되는 거야. 만약 말이다. 네가 어떤 건축물을 공부하고 거기에 네 생각을 담아 설명하고 소개하다가 잘못된 정보를 말했다고 치자. 그렇다고 무슨 큰일이 일어날까? 듣는 사람들은 대개 '아이고, 저 아이가 이걸 잘못 이야기했군. 잠깐 착각했나 보다'라고 생각할 거야. 누구나 착각도 하고 실수도 하면서 살아가니까. 중요한 건 실수했을 때 핑계를 대지 않고 인정하는 자세지. 자신의 실수를 인정해야 다음에 똑같은 실수를 반복하지 않는 법이니까."

소장님은 자신도 엄청나게 많은 실수를 하면서 현재에 이르렀다고 했다.

"자, 일어나 볼래? 아랫배에 힘을 꽉 줘 봐라."

소장님은 깍지 낀 두 손을 아랫배에 올리며 말했다.

"아랫배에 힘을 주고 가슴을 쫙 편 다음 소리쳐 봐. '실수하면 좀 어때!'"

소장님이 외쳤다. 그 소리가 연구소 안에 크게 울렸다.

"실수하면 좀 어때."

나는 아랫배에 힘을 주고 가슴을 편 다음 말했다. 그러나 쑥스러워서 목소리가 크게 나오지 않았다.

"더 크게! 너 자신에게 하는 소리거든. 저 깊은 곳에 웅크리고 있는 너 자신의 귀에 들리게 하려면 좀 더 크게 해야지."

"실수하면 좀 어때!"

나는 '에라, 모르겠다' 하는 심정으로 크게 소리쳤다. 그 말을 몇 번 반복하자 이상하게 용기가 생기는 것 같았다.

'두려움을 없애야 해. 당당하게 해야 해. 실수 좀 하면 어때?'

나는 집으로 돌아오면서 나 자신에게 수십 번도 더 말했다.

'그래, 그깟 실수 좀 한다고 나한테 무슨 큰일이 생기는 건 아니잖아. 내가 실수한다고 지구가 폭발하는 것도 아니야. 일단 해 보는 거야.'

나는 저녁을 먹고 나서 녹음한 것을 듣고 또 들었다. 번역한 내용을 함께 보며 몇 시간을 초집중하자 기적 같은 일이 일어났다. 오늘 처음 본 영어 단어가 눈과 귀에 쏙쏙 들어왔다. 그리고 말도 자연스러워졌다.

"저는 오늘 파리 에펠탑을 소개하려고 합니다. 제 버킷 리스트 중 하나는 프랑스에 가는 건데요. 그 이유는 바로 에펠탑을 직접 보기 위해서입니다. 제가 에펠탑에 관심이 생긴 이유는 처음 탑을 세울 때는 20년만 전시하고 해체할 예정이었는데, 지금까지 프랑스를 대표하는 아름다운 건축물로 남아 있다는 사실이 무척 신기해서입니다……."

그렇게 연습을 하다 갑자기 멈췄다. 등 뒤에서 뭔가 이상한 기운이 느껴졌다.

"공부하나?"

형이 내 뒤에 서 있었다. 나는 얼굴이 뜨거워졌다. 영어를 잘하는 형의 눈에 내가 얼마나 웃겨 보였을까?

"이거."

형이 아이스크림을 내밀었다.

"빵 잘 먹었다. 그 빵 파는 곳이 어디냐? 맛있더라."

형은 내 방을 한 번 휙 둘러보고 나갔다.

나는 바닥에 철퍼덕 앉아 아이스크림을 먹었다. 시원했다. 입안이 시원해지자 머릿속도 시원해졌다. 머릿속이 시원해지니까 가슴도 시원해졌다.

'건이는 뭐 하고 있을까?'

문득 건이 생각이 났다. 도서관 사건 이후로 건이와 나는 말하지 않고 지내는 중이다. 전에는 다투거나 삐쳐도 단 하루도 넘기지 못하고 언제 그랬냐는 듯 다시 어울렸다. 이번에는 달랐다. 그날 건이가 마지막으로 했던 말이 자꾸 떠올랐다.

'잘난 척하지 마.'

그 말은 항상 내가 건이에게 하던 말이었다. 그런데 그날은 건이가 나에게 했다. 나는 잘난 척한 게 아니었는데.

'그럼 다른 때는 건이가 잘난 척하는 게 아니었는데 내가 그렇게 여긴 건가?'

불현듯 이런 생각이 들었다.

'내가 먼저 문자를 보낼까?'

나는 몇 번이나 휴대전화를 만지작거렸다. 그렇지만 다툰 뒤 늘 건이가 먼저 말을 걸어와서 그런지 내가 먼저 말을 걸 용기가 나지 않았다.

수업이 끝나고 건이에게 말을 걸까 말까 망설이고 있는데 건이가 횡하니 교실에서 나갔다.

"야! 정우, 건이, 소리 세트 깨졌냐? 내가 언젠가는 깨질 줄 알았다. 셋은 제일 깨지기 쉬운 인원이거든."

누군가가 말했다.

"야, 너희는 세트 옷을 사면 매일 세트로만 입고 다니냐? 어떤 때는 다른 옷을 입기도 하잖아!"

소리가 발딱 일어나 소리쳤다. 그러더니 소리도 휭하니 교실에서 나갔다. 어쩐지 소리를 따라나서야 할 것 같아서 나도 교실에서 나왔다.

"정우야, 너는 나하고 떨어져서 와. 건이가 너랑 나랑 같이 가는 걸 보면 더 삐칠 테니까."

소리가 나를 힐끔 보더니 말했다.

'소리에게 자기 생각을 털어놓으라고 해야 해. 누구를 좋아하는지 확실히 밝히면 이런 일이 없을 텐데. 소리가 자꾸 모호하게 구니까 우리가 예민하게 행동하는 거야. 아, 피곤해서 살 수가 없네.'

나는 소리가 보이지 않을 때까지 서 있다가 연구소로 갔다. 어제 연습한 걸 소장님에게 보여 주고 싶었다.

"진짜 속상해요. 건이는 그날 제가 잘난 척한다고 생각했나 봐요. 아마도 소리가 앞에 있어서 더 화가 났던 것 같아요. 저도 소리가 앞에 있을 때 건이가 잘난 척하면 진짜 화나거든요."

연구소에 들어가 자리에 앉자마자 나는 도서관에서 있었던 일부터 오늘의 일까지 모두 소장님에게 말했다.

"내가 중학교 때 국어를 곧잘 했거든. 그런데 어느 날 나보다 국어를 못하던 아이가 선생님 질문에 대답했단다. 순간 나는 그 아이가 너무 미웠지. 국어만은 내가 1등이라고 여겼거든. 1등을 뺏기면 안 된다고 생각했지. 왜 1등을 뺏기면 안 되

는 걸까?"

소장님이 말을 하다 말고 갑자기 나에게 물었다.

"그, 글쎄요. 저는 1등을 해 본 적이 없어서 잘 모르겠어요."

"1등을 못 한다고 큰일 나는 건 아니야. 그리고 국어 선생님 질문에 내가 대답을 못 했으면 어때? 그 답을 모른다고 내가 국어를 못하는 아이가 되는 건 아니잖아. 그렇지 않니? 그런데도 내가 모르는 걸 그 아이가 알면 큰일이라도 나는 듯 그 아이를 미워했지. 건이도 그런 마음일까? 특히 소리 앞이라 더 그런 것 같구나."

"그런 것 같아요. 저도 건이가 소리 앞에서 저를 무시하거나 아는 체하면 잘난 척한다고 생각하거든요. 그런데요, 소리 잘못이 큰 것 같아요. 소리가 자신의 마음을 밝히면 행복한 세트가 될 수 있지 않을까요?"

"소리가 누구를 좋아하는지 밝히면 셋 사이에 평화가 찾아올 것 같니? 그럼 셋이 모여서 이야기를 하지 그러니?"

"셋이요? 그랬다가는 큰 싸움이 일어날 걸요?"

나는 고개를 저었다.

"그렇지 않으면 소리가 자신의 마음을 밝히기 어렵지 않을까? 셋이 모여서 그 문제에 대해 말하렴. 일단 상대방의 이야기를 충분히 듣는 거야. 서로 생각이 다르면 자기 생각이 왜 옳은지 이야기하지 말고, 문제 해결을 위해서 무엇이 옳은지 진지하게 생각하고 의논하렴. 그걸 숙론熟論, Discourse이라 부른단다. 상대를 무조건 이기려 하지 않으면서 문제의 해법을 찾는 것이지. 숙론을 하면 셋이 세트로 평화롭게 쭉 가는 방법이 나올 수 있지."

"숙론이요? 처음 듣는 말인데요? 토론하고 뭐가 달라요?"

"토론의 토討 자에는 '공격하다'라는 의미가 담겨 있지. 그래서인지 토론하자고 하면 상대를 궁지에 몰아넣고 이기려고 하거든. 숙론은 어떤 의견에 대해 깊이 생각하고 의논해서 좋은 결론에 다가가는 거란다. 숙론의 숙熟 자에는 '깊이 들여다보고 생각하다'라는 의미가 있지."

"그런 일로 숙론을 해요? 숙론이라는 거 되게 어려운 거 같아요. 의견이 다른 상대와 깊이 생각하고 이야기를 나누는 게 얼마나 힘든데요. 의견이 다르면 싸울 수도 있지 않나요?"

"생각이 달라도 비난하거나 화를 내지 말자고 미리 약속하고 시작하렴. 그 문제를 깊이 생각한 다음 정리해서 이야기를 나누면 답이 나올 거다. 서로 화내지 않고 또 상대방 의견과 생각을 비난하지 않고 존중하는 게 중요하지."

소장님 말대로라면 숙론은 문제를 해결하는 데 정말 좋은 방법 같았다. 조금 어렵더라도 한 번 실천하고 싶었다.

우리 셋이 한 세트로 오래가는 방법을 의논하는 게 어때?

나는 용기를 내 단톡방에 문자를 남겼다.

좋아. 의논하자.

소리가 먼저 답을 올렸다.

나도 그걸 의논하고 싶었어.
반 애들이 우리가 언젠가는 깨질 것으로 생각했다잖아.
우리 우정을 그 정도로밖에 안 보았다니,
솔직히 자존심 상해.

건이가 답했다.

의논 방법으로 숙론이 어때?
마주 앉아 충분히 깊이 생각하고 의논하자는 거야.

내가 제안했다.

아무튼, 좋아.

소리와 건이 모두 찬성했다.

10장

경주 답사

셋이 한 세트로 오래가는 방법을 두고 두 시간 동안 숙론을 했다.

'생각이 다르다고 서로 비난하거나 화내기 없기. 잘난 척한 다고 말하지 않기.'

미리 이런 약속을 했다.

놀이터 한쪽에 쪼그리고 앉아 두 시간을 이야기할 수 있다는 게 신기했다. 화내지 않고 비난하지 않자 그게 가능했고 그만큼 나와 소리, 건이는 진지했다.

"나는 끝까지 누구 편으로도 기울지 않을 거야. 너희가 결론을 내면 그대로 할게."

소리는 이렇게 말한 뒤 나와 건이가 대화하는 중에는 입을 꾹 다물고 있었다.

건이는 내 의견에 반대했다. 소리가 마음을 밝히면 나와 건이 사이가 더 서먹서먹해질 거라고 했다. 아무렇지 않은 듯 행동하고 싶어도 그렇지 못할 거라는 얘기였다. 건이와 두 시간 동안 이야기를 주고받으니 건이 말이 맞았다. 소리가 건이를 좋아한다고 말하면 내가 '그래? 인정!' 이러지 못할 것 같았다.

"정우야, 너랑 내가 조심하는 게 더 나아. 서로 '흥! 잘난 척하네' 하고 생각하지 않기, 소리가 누구를 좋아하든 신경 쓰지 않기. 이 약속만 지키자."

건이 말대로 하기로 했다. 소리 마음을 계속 비밀로 하기로 말이다.

"잘 생각했어."

소리도 찬성했다.

"내 마음이 언제 또 변할지 모르거든. 지금 건이를 좋아한다고 해서 내일도 건이를 좋아할 거라는 법은 없어. 정우를 좋아한다고 해서 끝까지 정우를 좋아할 거라는 법도 없고. 좋아하는 아이돌도 자주 바뀌거든. 내가 마음이 잘 변하는 스타일이야."

소리가 말했다.

나는 소리, 건이와 헤어져 연구소로 갔다.

"어서 와라. 어떻게 하기로 했니?"

내가 연구소에 들어가자마자 소장님이 물었다. 나는 결론부터 이야기했다. 소장님이 빙그레 웃었다.

"그런데요, 서로 마음이 맞지 않더라도 화내지 않고 진지하게 대화하는 건 진짜 중요해요. 제가 오늘 확실히 깨달았어요. 앞으로도 그래야겠다는 생각도 했고요. 오늘 건이와 숙론하지 않았으면 큰일 날 뻔했어요. 소리 마음을 모르고 있었거든요."

"소리 마음은 비밀로 하기로 했다며?"

"아, 그 마음 말고요. 소리가 마음이 수시로 변하는 스타일이래요. 저는 진짜 몰랐거든요."

그동안 소리 마음이 궁금했는데 이제 많이 궁금하지 않았다.

"그럼 세 명 문제는 해결했고 에펠탑은 잘 되어 가고 있지?"

소장님이 물었다.

"네, 소리 내어 말하다 보니 점점 더 자신감이 생겨요. 그런데요, 제가 에펠탑 사진을 처음 봤을 때는 참 예쁘고 아름답다는 생각을 많이 했거든요. 이번에 에펠탑을 집중 공부하면서 그 생각이 달라졌어요. 어떤 생각이 들었냐면요. 예쁘고 아름다운데 어딘지 모르게 가볍게 보여요. 거기에 뭔가 하나를 더하면 완벽할 것 같다는 생각이 들어요. 그게 뭐냐면……."

나는 말을 멈췄다. 소장님이 내 입을 빤히 바라봤다.

"그게 뭔지는 잘 모르겠어요. 든든한 느낌도 있으면 좋겠다는 생각이 들긴 하는데 그게 뭔지는 아직……."

"우리나라의 돌탑 같은 것?"

"네!?"

"나는 그런 것에 관심이 없어서 잘 모르지만 말이다. 우리나라 돌탑은 투박하지만 든든하고 묵직한 느낌이 있잖니. 아! 경주 불국사에 가면 대표적인 탑이 두 개 있지. 석가탑과 다보탑. 특히 다보탑은 돌탑이면서도 아주 아름답고 예쁜 탑이지."

나는 재빨리 손을 닦고 인터넷 검색을 했다. 그러나 화면으로 봐서인지 다보탑의 특징을 잘 알 수 없었다.

"경주에 가고 싶어요. 다보탑을 직접 보고 싶어요. 그런 뒤에 제 생각을 영상에 더 담았으면 좋겠어요. 그렇지만……."

나는 말끝을 흐렸다. 경주는 코앞에 있는 도시가 아니라 멀어도 한참 먼 곳에 있다. 가고 싶다고 금방 다녀올 수 있는 곳이 아니다. 그리고 나 혼자 갈 수도 없다. 엄마와 같이 가야 하는데 지금 형 때문에 그럴 분위기가 아니다.

'경주? 너는 지금 놀러 가자는 말이 나오니? 네 눈에는 엄마가 지금 그렇게 한가해 보여?'

엄마가 이렇게 화낼 게 뻔하다.

"'그렇지만'이라고? 왜?"

"다시 생각하니 안 될 것 같아요."

"해 보지도 않고?"

소장님이 물었다. 해 보지 않으면 결과는 아무도 모른다는 말이 떠올랐다. 순간 머릿속에 좋은 생각이 떠올랐다.

나는 연구소에서 나와 건이와 소리에게 건이네 아파트 놀이 터에서 만나자고 문자를 보냈다. 건이와 소리는 금세 나왔다.

"조금 전에 헤어졌는데 무슨 일이야?"

"경주에 가자."

나는 다짜고짜 말했다.

"경주!?"

건이와 소리가 약속이라도 한 듯 동시에 말했다.

"내가 다보탑을 공부해야 하거든. 나 혼자 간다고 하면 엄마가 절대로 보내 주지 않을 거야. 너희와 같이 간다고 하면 우리 엄마가 허락할 수도 있어."

"다보탑? 불국사에 있는 것? 야, 그걸 뭐 하러 경주까지 가서 공부해. 학교에서 배웠잖아. 책에 다 나오는 건데. 그냥 책 봐."

건이가 잘라 말했다.

"그런데 왜 갑자기 다보탑을 공부해?"

소리가 물었다. 나는 영상 만드는 일을 이야기했다.

"지난번에 메일에서 봤던 것? 진짜 하는 거야? 영어로? 너는 영어와는 담쌓았잖아. 그런 네가 영어로 영상을 만든다고? 좋아, 우리 앞에서 해 봐. 영상을 만들려면 연습하고 있을 것 아냐."

건이가 턱을 치켜들고 말했다.

"야! 정우 성격에 우리 앞에서 그걸 할 것 같아? 쑥스러워서 못 하지. 왜 그런 걸 시켜."

소리가 내 눈치를 봤다.

"아니야, 할게."

나는 아랫배에 힘을 주고 가슴을 쫙 폈다. 그리고 그동안 수없이 연습한 대로 에펠탑을 설명하고 소개했다. 나는 분명히 봤다. 너무 놀라 입이 서서히 벌어진 건이가 그 입을 다물지 못하는 것을.

"나도 영어를 잘 못해서 무슨 내용인지 잘 모르겠지만, 발음도 좋고 엄청나게 잘하는 것 같아."

소리가 손뼉을 쳤다.

"뭐 그런대로 하네. 매우 잘한다고 말할 수는 없지만. 오정우, 봐라. 에펠탑을 설명하고 소개하는 것도 직접 가 보지 않고 할 수 있잖아. 다보탑도 그렇게 하면 되지. 뭐 하러 시간 버리고 돈을 낭비하면서 경주까지 가려고 그래."

건이는 쓸데없는 짓이라고 했다.

"다보탑을 만든 돌을 직접 만져 보고 설명해라, 이런 시험 문제가 나오는 것도 아닌데. 나는 이번 주말에 학원 보충 수업이 있어. 아, 배고파. 그만 집에 가자. 벌써 컴컴해졌네."

건이가 말했다.

나는 소리, 건이와 함께 경주에 가는 건 포기했다. 그렇지만 경주에 가겠다는 생각은 포기하지 않았다.

"경주?"

엄마가 설거지하며 시큰둥하게 물었다.

"네. 토요일이나 일요일 아침에 일찍 갔다 오면 안 돼요? 제가 검색해 알아봤는데 경주까지 가는 고속 열차가 있어요. 얼마 걸리지 않아요."

"몇 시간 걸리는데?"

엄마가 또다시 시큰둥하게 물었다.

"아침 일찍 가면 저녁에 올 수 있어요."

몇 시간쯤 걸리는지 묻는 걸 보면 허락할 수도 있을 것 같았다.

"오정우."

"네!?"

"네 눈에는 지금 엄마가 한가하게 너랑 손잡고 경주로 놀러 갈 거로 보이니? 경주, 좋지. 엄마도 중학교 때 학교에서 단체로 갔었거든. 높은 건물도 없고, 넓고, 공기도 좋고. 정우야, 엄마가 지금 화낼 기운도 소리 지를 기운도 없거든. 나중에 형 대학에 들어가면 그때 가자. 휴우."

엄마가 한숨을 내쉬었다.

"엄마, 제가 경주에 가서 공부할 게 있거든요."

"무슨 공부를 경주까지 가서 해? 유물과 유적을 공부하고 싶으면 교과서 봐. 경주에 있는 건 하도 유명해서 책에 다 나와!"

엄마가 소리쳤다. 꼬리를 내리는 수밖에 없었다.

방으로 들어온 나는 침대에 벌렁 누워 한숨을 쉬었다. 그때였다. 방문이 살며시 열리더니 형이 고개를 들이밀었다.

"들어가도 되냐?"

형은 내 대답을 기다리지 않고 방으로 들어와 문을 닫았다.

"경주, 나랑 같이 가자."

"진짜야?"

나는 자리를 박차고 일어났다. 그리고 나도 모르게 형 손을 덥석 잡았다.

"얘가 왜 이래?"

형이 쑥스러운 듯 손을 쓱 뺐다.

"그런데 엄마가 허락할까?"

그게 걱정이었다.

"허락은 내가 받을 테니까 걱정하지 마. 교통비도 내가 댈게. 용돈을 받아서 모으기만 했지 쓰지도 않았거든. 이번에 쓰지 뭐."

세상에! 천사가 따로 없다. 날개만 없을 뿐 형이 천사였다.

"나는 뭐 할까? 형이 같이 가고 허락도 받고 돈까지 대는데 뭐라도 해야 양심이 있는 것 아닌가?"

"나중에 너한테 부탁할 것이 있으면 할게."

형이 웃었다. 나는 형을 안고 춤이라도 추고 싶은 걸 간신히 참았다.

형은 약속대로 엄마 허락을 받았다. 무슨 수를 썼는지는 모르겠지만 엄마는 맛있는 것 사 먹으라며 용돈까지 챙겨 줬다.

경주로 가는 날, 날씨도 마음도 화창했다.

"경주에 가서 무슨 공부를 할 건데?"

기차 안에서 형이 물었다.

"다보탑. 다보탑 보러 가."

"다보탑? 요즘 네가 탑에 관심이 많은가 보다? 저번에 보니 에펠탑에 더 관심이 있던 것 같은데."

형 말에 얼굴이 뜨거워졌다. 아이스크림을 주던 날, 형은 다 들었던 거다.

"나, 그날 영어 무지 못했지? 지금은 좀 늘었어."

나는 벌게진 얼굴을 손바닥으로 문지르며 말했다.

"영어는 다른 나라의 말이야. 우리말처럼 잘하는 사람은 드물어. 나는 네가 무슨 말을 하는지 다 알아들었거든. 말이라는 게 다른 사람이 알아들을 수 있으면 된 거지."

형은 내 어깨를 토닥였다.

우리는 신경주역에서 내려 버스를 타고 불국사로 갔다. 엄마 말대로 경주에는 높은 건물이 없었다. 엄마가 높은 건물이 없다고 말할 때는 그저 '초고층 건물이 없나 보다'라고 생각했었다. 그런데 초고층 건물뿐 아니라 높은 건물도 없었다. 책에는 나와 있지 않은, 직접 가 본 사람만이 아는 비밀은 분명 있다. 길가에 기와집이 많았다.

"이게 불국사구나. 수업 시간에 배워서 이름은 가깝게 느껴지는데 직접 본 건 처음이야."

형은 불국사를 보고 신기해했다.

"751년, 그러니까 통일신라 경덕왕 10년 불국사 석가탑과 같이 만들어진 것으로 추정. 1962년 국보 제20호로 지정. 우리나라의 다른 석탑과는 달리 정교하고 아름다운 탑. 단단한 돌을 깎아 목조 건물에서나 표현할 수 있는 아름다움을 잘 표현했다는 평가를 받는 탑이지."

형이 막힘없이 줄줄 읊었다. 불국사에 처음 온 사람이 불국사에 백 번도 넘게 와서 다보탑을 백 번 넘게 본 사람 같았다.

"돌을 무슨 수로 이렇게 깎았지? 수업 시간에 외울 때는 '그냥 다른 탑이랑 다른가 보다' 정도로 생각했는데. 직접 보니까 진짜 놀랍다."

공부는 내가 하러 왔는데 형이 더 관심을 보였다.

'돌을 깎아 만들어서 그런지 묵직함도 느껴져. 여기에다 에펠탑같이 예쁘고 화려하기도 하고.'

나는 다보탑을 눈에 쏙 집어넣었다. 그렇게 우리는 불국사를 돌아본 다음 택시를 타고 역으로 갔다.

"이런 식으로 공부하니 재미있다. 오정우, 대단한데? 이 공부법을 어떻게 안 거냐?"

기차 안에서 형이 물었다.

"연구소 소장님한테 배웠어. 세계 과학자들과 책도 같이 쓴 소장님이야."

"그래? 엄청 유명한 분인가 보네? 그분을 어떻게 알았는데?"

나는 소장님을 처음 만났던 순간을 들려주었다.

"우리 동네 공원 산에?"

형이 얼굴을 찡그렸다. 시시하다는 생각을 한 게 분명했다. 형 처지에서는 그렇게 생각할 수 있었다.

"뭘 잠깐 연구하러 오신 거래. 뭐가 나타났다고 들은 것도 같은데 잘 모르겠어. 그런데 형, 이제 진짜 학원 안 다닐 거야?"

나는 형에게 물었다.

"다녀야지. 다음 주부터 다닐 거야. 경주에 다녀오는 것 허락받으면서 엄마랑 약속했거든. 다음 주부터 학원에 가기로."

나는 놀라서 형을 바라봤다. 형 덕분에 경주에 온 건 고맙다. 그렇지만 나 때문에 형이 가기 싫은 학원에 가는 거라면 형한테 정말 미안하다.

"너한테도 말했잖아. 나는 공부가 싫은 게 아니라고. 공부

하는 게 답답하고 힘들기는 하지만 그래도 공부는 좋아. 네가 다보탑을 공부하는 것처럼 공부했다면 더 재미있었을 거야. 그렇지?"

형이 웃었다. 형이 웃으니까 미안해지려던 마음이 사라졌다.

"형은 의사가 되는 게 싫다고 했잖아. 그러면 형이 하고 싶은 건 뭔데?"

"사실은…… 잘 모르겠어. 엄마한테는 내가 하고 싶은 게 있다고 말했지만 그건 의대에 가지 않으려고 거짓말을 한 거야. 그동안 내가 하고 싶은 게 뭔지 생각할 시간도 없었거든. 이제 차차 생각하려고."

형이 차창 밖을 바라봤다. 나도 형을 따라 차창 밖을 바라봤다. 오후 햇살이 평화로웠다.

우리 아파트 앞에 도착했을 때는 어두워지기 직전이었다.

"형, 나 잠깐 어디 좀 갔다 올게. 금방 다녀올 거야."

나는 연구소로 달려갔다. 소장님은 책을 읽고 있었다.

"경주에 다녀왔니?"

"네. 그런데요, 소장님. 저는 경주에 가겠다고 결심하면서도 실은 걱정했거든요. 쓸데없는 짓을 하는 건 아닌가 하고요. 건이랑 엄마 말처럼 직접 가 보지 않아도 알 수 있는 거잖아요."

"그래서 다녀온 지금 생각은 어떠니?"

"휴대전화 화면으로 보는 다보탑, 책에서 사진으로 보던 다보탑. 그 다보탑과 오늘 제가 직접 본 다보탑은 다른 탑 같았어요. 사진에서 볼 수 없는 것들이 무척 많았어요."

"쓸데없는 경험은 없단다. 너는 오늘 아주 훌륭한 공부를 한 거야. 경험하다 보면 생각하는 힘이 길러지고 창의력도 자라지. 이것저것 많은 경험을 하면서 무엇을 좋아하고 어떤 걸 잘하는지 그리고 뭘 하고 싶은지도 스스로 알게 된단다. '공부하지 않고 딴짓한다'라는 말을 많이 듣잖니? 딴짓으로 이것저것 다 해 봤을 때 세상을 보는 눈도 넓어지지. 누구나 그런 과정을 거쳐 자신을 알아가면 좋겠다. 다들 잘하는 것, 좋아하는 것이 있으면서도 내 더듬이가 어느 쪽을 향하고 있는지 잘 모르는 경우가 많거든. 너는 네 더듬이가 어느 쪽으로 향하고 있는지 꼭 찾길 바란다."

소장님 말이 좀 어려웠다. 하지만 내가 하고 싶은 것, 내가 좋아하는 것을 스스로 찾아야 한다는 말인 건 알 수 있었다. 경험이라는 공부로 그걸 찾을 수 있다는 것도 이해했다.

"아, 저번부터 말하려고 했는데 이건 아주 중요한 말이거든. 기분 나쁘게 듣지 마라. 너, 조금 비만이지?"

나는 소장님 말에 나도 모르게 숨을 들이쉬며 아랫배를 집어넣었다.

"공부를 하려면 몸이 건강해야 해. 건강하려면 운동을 해야지? 그래야 오늘처럼 여기저기 공부하러 다닐 수 있으니까."

운동하라는 말은 날마다 귀에 딱지가 앉도록 듣는다. 그러나 운동하는 건 절대 쉽지 않다.

"운동하기가 얼마나 어려운데요."

"물론 운동하는 시간을 따로 만들어서 하려면 어렵단다. 그러니까 운동이 생활이 되게 해야지. 가까운 거리는 걸어 다니고, 학교에 갈 때도 일찍 나와서 멀리 돌아서 가고. 엄마 심부름도 자주 가고 말이다. 몸이 건강해야 뇌도 팍팍 돌아가거든. 공부는 온몸으로 하는 거야. 오늘 다보탑 공부처럼."

나는 소장님 말을 들으며 내일부터 집에서 10분 일찍 나와 멀리 돌아서 학교에 가기로 마음먹었다. 그러다 보면 운동하는 게 습관이 되고 다보탑을 찾아간 것처럼 재미있어질 수 있다.

11장

침팬지처럼

나는 탁자 위에 놓인 종이를 바라봤다. 한숨이 절로 나왔다. 소장님한테 완전히 실망했다.

어젯밤에 잠도 거의 못 잤다. 다보탑과 에펠탑을 비교하며 내 생각을 쓰느라고 말이다. 쓰다 보니 두 장이 넘었다. 좀 줄이려고 했는데 줄일 게 없었다.

'소장님은 영어를 잘하니까 길어도 상관없어. 잘 번역해 주실 거야. 그리고 외워서 연습하면 못 할 것도 없지 뭐. 저번에 해 주셨으니 이번에도 당연히 해 주실 거야.'

나는 이렇게 생각했다. 그런데 소장님이 나보고 번역하라고 했다.

"제가 영어를 못하는 건 잘 아시잖아요."

"요즘 매일 영어를 공부하고 있잖니. 시간이 오래 걸려도 직접 해야 외우기가 훨씬 쉬워. 음, 어디 보자. 네 생각 중에 알맹이를 찾아 다시 정리하는 게 어떻겠니? 이걸 다 넣으면 영상이 15분도 넘겠다. 2분만 더 보충하면 되겠어. 단어도 잘 찾아보도록 하고. 같은 단어인데 상황에 따라 달라질 수 있어."

경주까지 다녀왔는데 겨우 2분이라니. 어깨에 힘이 쭉 빠졌다.

"경주까지 갔다 왔는데 고작 2분만 보충하라고 하니까 네 생각을 버리는 것 같아 아깝니?"

헉! 마음을 들킨 나는 깜짝 놀랐다.

"경험한 건 버려지지 않아. 어느 순간 쓸데가 있을 거다. 혹시 '아이에게 물고기를 잡아 주지 말고 낚시하는 법을 알려 주라'라는 말을 들은 적 있니? 물고기를 잡아 주면 그 물고기를 먹은 뒤 또 누군가가 잡아 주어야 해. 그렇지만 낚시하는 법을 알려 주면 스스로 물고기를 잡아먹을 수 있지. 아프리카에 침팬지라는 동물이 살고 있어."

소장님은 물고기 얘기를 하다 말고 갑자기 침팬지 이야기를 했다.

"그곳에 사는 침팬지들은 견과류를 깨 먹을 때 돌 기구를 이용해."

"네!? 침팬지가요? 침팬지에게도 생각하는 머리가 있나요?"

"하하하하, 동물도 다 생각할 줄 안단다. 사람도 동물이잖니. 사람이 지금처럼 글을 쓰고 그 글로 지식을 전달하기 시작한 역사는 얼마 되지 않아. 그 이전에는 수렵 채집을 하고 말과 행동으로 가르쳤지. 사람은 공부하면서 다른 동물들이 따라올 수 없는 존재가 되었단다. 엄마 침팬지는 돌을 하나 밑에 받치고 열매를 올린 다음 다른 돌로 내리쳐서 깨뜨리지. 아기 침팬지는 엄마가 하는 걸 옆에서 보고 배워. 처음에는 당연히 제대로 못 하겠지. 넓고 평평한 돌을 받쳐야 하는데 둥근 돌도 가져오고 뾰족한 돌도 가져와서 받침대로 쓰려고 하니 되겠니? 그 돌은 제대로 서지도 않을뿐더러 겨우 세워서 열매를 올려놓아도 굴러떨어지고 말지. 사람 엄마 같으면 아마 '아이고, 답답해라. 속 터져서 못 살겠다' 이러면서 받침대로 쓰기 좋은 돌을 구해다 줄 거야. 하지만 엄마 침팬지는 매정하게 아기 침팬지가 깨 먹든 말든 자기 혼자 열매를 깨 먹지. 아기 침팬지가 엄마 것을 먹으려고 하면 내치기도 해."

"대박! 세상에 그런 엄마가 어디 있어요?"

"하하하, 그런 엄마가 아프리카에 있단다. 아기 침팬지는 이것저것 온갖 돌을 들고 와 도전한단다. 그런 후에 평평한 돌을 받침대로 써야 한다는 걸 스스로 깨닫지. 그렇게 직접 공부했으니 그건 절대 잊지 않겠지?"

"절대 못 잊죠."

나는 고개를 끄덕였다.

"만약 사람이라면 어떻게 했을까? 평평한 돌을 받침대로 써야 한다는 걸 가르치겠지. 또 내리치는 돌의 모양은 어떤 것이 좋은지, 돌을 내리칠 때는 어떻게 해야 열매가 옆으로 튀지 않고 잘 깨지는지, 처음부터 끝까지 하나하나 친절하게 가르쳐 줄 거다. 그럼 배운 대로 평평한 돌을 찾아 받침대로 쓰려고 하겠지. 그중에는 왜 평평한 돌을 받침대로 쓰는지도 모른 채 그렇게 하라니까 하는 아이들도 있을 거야. 얼마 지나지 않아 돌멩이를 들고 '이걸 써야 하나, 저걸 써야 하나?' 하고 갸웃거리기도 할 테고. 조금 시간이 걸리더라도 스스로 경험하고 깨우치는 것이 진짜 공부란다. 너는 네 생각을 잘 정리해서 영어로 번역하고 말할 수 있어."

"그럼 소장님은 엄마 침팬지네요?"

"그럼 너는 아기 침팬지?"

나와 소장님은 마주 보고 웃었다.

"미국 정치인 중에 벤저민 프랭클린이라는 사람이 있지. 그 사람이 이런 말을 했어. '나에게 말을 하면 잊을 것이고, 가르쳐 주면 기억할 것이며, 참여하게 하면 배울 것이다.' 기억하는 것은 완전히 자기 것이 되는 게 아니야. 배우는 것이 자기 것으로 받아들이는 거지. 그래서 공부는 가르치는 것보다 참여하게 하는 것이 중요하단다. 처음에 번역을 도와준 것은 열매는 깨서 먹어야 한다는 걸 알려 준 것이라고 해 두자.”

집에 돌아온 나는 다보탑 내용을 어떻게 정리할 건지 고민했다.

“뭐 해?”

갑자기 형이 내 방으로 들어왔다.

“오호, 다보탑에 관한 거구나?”

“응. 그런데 확 줄여야 해.”

그때였다.

“수우야!”

엄마가 큰일이라도 난 것처럼 형을 부르며 방으로 들어왔다.

“이번 주부터는 수학 학원을 토요일 오전 8시에 가는 것 잊지 않았지?”

엄마 말에 형이 인상을 썼다.

“그 말은 아까도 했잖아요. 다 알아서 해요.”

형은 찬바람을 일으키며 방에서 나갔다. 목소리에서 짜증이 뚝뚝 떨어졌다. 나를 대할 때와는 완전히 달랐다.

“일일이 알려 주면 고맙다는 말은 하지 못할망정 왜 짜증이야.”

엄마가 중얼거렸다.

“엄마, 엄마는 엄마가 먹을 열매만 깨뜨려서 먹어요.”

나는 나도 모르게 엄마에게 말했다.

"갑자기 뭔 열매를 깨뜨려 먹어. 쓸데없는 소리 하지 말고 공부나 해. 그나저나 오정우, 너 요즘 형이랑 무척 친해진 것 같더라. 네가 수우한테 의대 가라고 말 좀 해. 이 사람 저 사람이 다 의대 얘기를 해야지 '아, 다들 저러니 의대를 가야겠군' 이러고 생각하지. 알았어?"

엄마는 '알았어?'라는 말을 강조했다. 나는 두 개의 선을 떠올렸다. 제각각 다른 방향을 보고 뻗은 선 말이다. 하나의 선은 엄마, 또 하나의 선은 형이다. 두 선이 각각의 방향만 보고 달리지 말고 어느 순간 만났으면 좋겠다.

"엄마, 왜 형이 꼭 의대에 가야 해요?"

"의사가 되면 살기 편하잖아. 성적이 안 되면 어쩔 수 없지만 성적이 되면 꼭 가야지."

"의사가 뭐가 살기 편해요? 매일 아픈 사람들 만나야지, 수술해야지. 나 같으면 성적이 되어도 의사는 안 하겠어요."

"너보고 의사가 되라고 하는 사람 아무도 없어. 별걱정을 다해."

엄마가 휭하니 돌아섰다.

"엄마, 형은 공부도 잘하고 똑똑해요. 그리고 착하고 마음도 아주 넓어요. 꼭 의사가 되지 않아도 형이 잘하는 게 있을 거예요."

나는 진심으로 말했다. 형은 그동안 생각할 시간이 없어서 그렇지 분명 하고 싶은 게 있을 거다. 그걸 찾으면 엄청 잘 해 낼 거다. 나는 형을 믿는다. 엄마는 나를 한참 쏘아보더니 문이 부서져라 닫고 나갔다.

나는 다보탑과 에펠탑에 관한 내 생각을 많이 줄였다. 글을 다듬는 걸 해 봐서인지 처음보다 쉬웠고, 어떤 게 꼭 써야 할 내용인지 쉽게 고를 수 있었다. 몇 번을 다듬고 나자 내용이 3분의 1로 확 줄었다.

'이제 이걸 번역해야지.'

번역할 생각을 하니 눈앞이 캄캄해졌다. 자신감이 떨어졌다. 나는 심호흡을 했다. 일단 해 보는 거야! 나는 연필을 꽉 잡고 책상 앞에 앉았다. 단어를 찾는데 누군가가 내 귀에 대고 속삭이는 것 같았다.

'그걸 언제 다 찾아서 하려고 그래? 번역기 돌려.'

그 속삭임은 달콤했다.

"안 돼! 그러면 이 단어들을 오늘이 지나면 잊고 말 거야. 늦더라도 찾아서 할래. 그래야 다음에도 이 단어들을 보면 뭔지 금세 알지. 완전히 내 것으로 만드는 거야."

나는 밤이 깊어서야 번역을 끝냈다. 말이 되는지 어떤지는 알 수 없었지만 말이다.

'내일 소장님에게 봐 달라고 해야지.'

자려고 누웠는데 자꾸만 웃음이 나왔다. 열두 살 인생에서
지금까지 이렇게 뿌듯한 날은 처음이다.

12장

건이의 비밀

나는 연구소 문 앞에 붙어 있는 종이를 바라보며 한숨을 쉬었다.

며칠 연구소 문을 열지 않습니다.
급한 일이 생겼거든요.

다음 주까지는 영상을 보내야 한다. 그 전에 내가 제대로 번역한 게 맞는지 알아보고 연습해야 한다. 그리고 누군가는 동영상을 찍어 주어야 한다. 이럴 줄 알았다면 소장님 휴대전화 번호를 미리 알아 놓는 건데.

'어떻게 하지?'

나는 한쪽에 쪼그리고 앉았다. 형 얼굴이 떠올랐다.

'아, 형은 이번 주부터 엄청 바쁜데. 매일 자정 넘어서 집에 올 거라 나한테 신경 쓸 시간이 없을 거야.'

형 얼굴이 사라지자 이번에는 건이 얼굴이 떠올랐다. 얼굴만 떠올려도 벌써 건이 잔소리가 들리는 것 같았다.

'그래도 연습하는 걸 봐 줄 사람은 건이밖에 없어.'

뭐함?

나는 단톡방에 들어가 문자를 남겼다.

지금 학원 들어가는 길

소리는 금세 답문자를 올렸다. 하지만 건이는 잠잠했다.

'학원에 있나? 이상하다. 오늘 이 시간에는 학원 수업이 없을 텐데.'

한참 동안 기다려도 건이는 단톡방에 들어오지 않았다. 건이에게 전화를 했지만 받지 않았다. 계속 전화를 했다.

"왜 이렇게 전화를 하는 거야?"

네 번째로 전화했을 때 건이가 전화를 받았다. 이상하게 목소리에 힘이 없었다. 아까 학교에서는 멀쩡했는데 이상했다.

"어디 아파?"

"안 아파. 왜에!?"

건이가 쩍쩍 갈라지는 목소리로 물었다. 운 것 같기도 했다.

"내가 경주에 다녀와서 에펠탑과 다보탑을 비교하며 설명하는 부분을 더 넣었거든. 나 혼자 영어로 번역했어. 번역기도 돌리지 않고 번역했는데 네가 좀 봐 주면 안 될까? 말이 되는지 어떤지 잘 모르겠어. 연구소 문을 며칠 열지 않는대. 다음 주에 동영상을 보내야 해서 지금부터 연습해야 하거든."

"……."

"건아."

"알았어. 내일 봐 주면 되는 거지?"

건이가 확실히 이상했다. 평소의 건이 같으면 '네가 혼자 영어 번역을 했다고? 완전 엉망이겠네'라는 말부터 했을 텐데 말이다.

"아니, 지금. 내가 네 집으로 갈게."

나는 마음이 급했다.

"아 아 아니야. 우 우 우리 집에 오지 마. 내 내가 네 집으로 갈게."

건이는 말까지 더듬으며 팔짝 뛰었다. 그러더니 30분 뒤 우리 집으로 온다고 했다.

"어머, 건이야. 오랜만이네. 너는 여전히 공부 잘하지? 학원은 어디 다니니? 우리 정우도 네가 다니는 학원에 보낼까? 에휴, 아니다. 거기 시험 봐서 들어가는 학원이지?"

엄마는 건이가 현관문을 열고 들어오자마자 여러 가지를 한꺼번에 물었다. 건이는 대답 대신 고개를 숙여 인사하고는 곧장 내 방으로 들어왔다.

"번역한 것 줘 봐."

건이는 나와 눈을 마주치지 않고 손만 내밀었다. 얼굴을 자꾸만 다른 쪽으로 돌렸다. 건이 눈 주변이 벌겠다. 분명 울었다. 그냥 모른 척하기로 했다.

"괜찮아? 잘한 것 같아?"

나는 건이에게 조심스럽게 물었다.

"야, 너는 나한테 이런 걸 물어보면 어떻게 해? 봐 봐, 이건 다 건축과 관련된 단어잖아. 나는 건축에 관심이 없는데 이걸 내가 어떻게 아냐? 그리고 진짜 궁금해서 그러는데 진짜 너 혼자 한 것 맞아?"

"당연히 혼자 했지. 그럼 나 연습하는 것 한 번 봐 줘."

나는 건이 앞에 서서 에펠탑을 소개했다. 다보탑의 특징을 설명할 때는 더 신이 났다. 경주에서 본 다보탑이 눈앞에 그려지기도 했다.

"괜찮아?"

"그런 것 같아. 나, 그만 집에 갈게."

건이가 일어났다. 그런데 방에서 나가려던 건이가 갑자기 뒤돌아봤다.

"오정우, 재미있니?"

'앞뒤 말 다 잘라먹고 저런 식으로 물어보면 뭘 묻는 건지 어떻게 안담?'

"다보탑 공부하러 경주에 직접 가고, 글도 쓰고, 영어로 번역도 했잖아. 거기에다 동영상 찍으려고 발표 연습도 하고. 분명 힘든 공부인데 네가 엄청 재미있어하는 것 같아서."

말을 마친 건이는 내 대답을 기다리지 않고 그대로 가 버렸다.

'공부? 내가 공부를 한 거였나?'

공부가 맞긴 하다. 에펠탑을 공부했고 그걸 공부하느라 세계적으로 유명한 건축물도 공부했다. 그러다 보니 세계 역사도 좀 알게 되었다. 다보탑도 공부했다. 거기에다 글쓰기도 하고 우리말을 영어로 쓰기도 했다. 하나하나 따지고 보면 건이 말대로 무척 힘든 공부였다.

그런데 재미있었다. 공부한다는 생각을 하지 않았는데 어느새 공부하고 있었다. 이젠 누가 글쓰기를 하라고 하면 겁내지 않고 할 수 있을 것 같았다. 영어도 차근차근히 하면 겁낼 필요가 없을 듯했다.

저녁을 먹으면서 엄마가 건이 이야기를 했다.

"공부하느라 힘들어서 그런지 애가 비쩍 말랐더라. 에휴, 우리 집 누구는 공부하고 거리가 멀어서 신경 쓸 일이 없으니 살만 찌는데."

엄마가 나를 힐끗 바라봤다.

"그나저나 건이 엄마는 얼마나 좋을까? 상담할 일이 있으면 학교고 학원이고 목에 힘주고 갈 수 있잖아. 건이도 의대 가면 되겠다."

엄마는 형으로 부족해서 남의 아들까지 의대에 보내려고 했다.

저녁을 먹고 방으로 들어왔을 때 소리에게 전화가 왔다. 소리는 어지간해서는 나한테 전화도 하지 않고 개인 문자도 보내지 않는다. 건이한테도 그런다고 했다. 소리는 자나 깨나 공평한 아이다.

"오정우, 건이 어떻게 하냐?"

소리는 전화를 받자마자 말했다.

"우리 앞집에 사는 서오가 건이랑 같은 영어 학원에 다니잖아. 서오가 그러는데, 오늘 영어 학원에서 레벨 시험을 봤는데 건이가 한 단계 떨어졌대. 딱 한 문제를 더 틀려서. 한 단계 떨어져서 내일부터 반을 옮겨야 하나 봐. 건이 성격에 얼마나 자존심 상하겠니. 그런데 있잖아. 건이가 영어 학원이 끝나고

집에 도착하기도 전에 학원에서 엄마들한테 시험 결과를 전부 문자로 돌렸대. 건이가 얼마나 야단맞았겠니. 건이 엄마가 눈을 치켜뜨면 대박 무서운 것 알지?"

그제야 나는 오늘 건이가 이상했던 이유를 알 수 있었다. 내가 건이 집에 간다고 했을 때 왜 팔짝 뛰었는지도 알았다.

'어휴, 하필이면 오늘 영어를 봐 달라고 해서.'

나는 내 머리를 쥐어박았다. 소리와 나는 우리가 그 사실을 알고 있다는 걸 건이에게 비밀로 하기로 했다.

"내가 매일 궁금했던 게 있는데 물어봐도 돼? 건이는 너한테 말을 함부로 하는 편이잖아. 공부 못한다고 대놓고 말하고, 네가 그걸 어떻게 아느냐며 무시하기도 하고. 너는 왜 그걸 다 참아? 나 같으면 당장 절교하자고 했을 거야. 물론 건이가 다른 아이들한테도 좀 그러는 편이긴 하지만 친한 사이에 그러면 안 되는 건데."

"그건……."

건이는 또래보다 덩치도 작고 키도 작다. 그래서 말을 세게 해야 남들에게 무시당하지 않는다고 믿는 것 같았다. 그런 이유로 잘난 척도 하고 말이다. 그렇지만 자기가 잘못했다는 걸 스스로 깨닫는 아이다. 그런 날은 늘 말도 먼저 걸고 풀이 죽어 미안해하기도 한다.

"야, 마음에 쏙 드는 친구만 골라서 사귈 수 있냐? 이런 친

구도 있고 저런 친구도 있는 거지. 그리고 건이는 단점도 있
지만 장점도 많아."

　나는 큰 소리로 말했다.

13장

서로서로

연구소 문은 며칠째 굳게 닫혀 있었다.

'오늘은 문이 열릴까?'

나는 가방을 챙기며 창밖을 바라봤다. 금방이라도 비가 쏟아질 듯했다.

"오정우! 너 며칠 동안 좀 너무한 것 아니니?"

교실에서 나오려는데 소리가 내 뒷덜미를 낚아챘다.

"건이한테 신경 써야 하는 것 아니냐고! 며칠 동안 너랑 나랑 건이랑 단 한 번도 학교에서 같이 나간 적이 없어. 내가 건이를 위로하고 싶어도 네가 삐칠까 봐 그러지도 못하겠고. 저것 봐."

소리가 교실 뒷문을 턱으로 가리켰다. 건이가 가방을 메고 뒷문을 나서고 있었다. 고개를 푹 숙여서인지 어깨가 더 늘어져 보였다.

"영어 학원 시험 망하고 나서 계속 저래. 우리가 한 세트인데 뭐라도 도와주어야 하는 것 아냐? 같이 가자. 옆에 서 있기만 해도 위로가 될 수 있어."

소리와 나는 재빨리 건이를 따라갔다. 그리고 중앙 현관에서 건이 옆에 바짝 붙어 운동화로 갈아 신었다.

"너, 오늘 연구소 가니?"

건이가 무슨 말을 할 듯 말 듯 하더니 물었다.

"나도 같이 가자."

건이는 내 대답을 기다리지 않고 말했다.

"소장님이 안 계실 수도 있어. 그래도 나는 갈 거니까 같이 가자."

나는 연구소 문에 붙어 있는 종이 내용을 말했다.

건이는 자꾸만 땅을 보며 걸었다. 어깨는 축 늘어지고 발걸음은 터벅터벅 내디뎠다. 그래서인지 키가 더 작아 보이고 더 비쩍 말라 보였다. 불쌍했다.

"동영상은 찍었어?"

공원 입구에 들어서며 건이가 물었다.

"아직. 내일까지는 찍어야 해. 모레 보내야 하거든."

"경주 갔다 와서 다보탑 내용도 다시 넣었어?"

소리가 물었다.

"응. 이번에는 완벽하게 나 혼자 했어. 건이가 한 번 봐 줬는데 말은 되는 것 같았어. 소장님이 침팬지 이야기를 해 주셨거든."

나는 건이와 소리에게 침팬지 이야기를 들려주었다.

"와, 사람 엄마들도 엄마 침팬지 같았으면 좋겠다. 엄마들이 공부하면 우리가 따라서 하고, 엄마들이 운동하면 운동도 따라서 하면 좋겠다. 그러면 힘들 때 쉴 것 아냐. 지금은 우리가 얼마나 힘든지, 얼마나 놀고 싶은지 엄마들이 모르잖아. 같이 하면 알게 될 거야, 그렇지?"

소리 말에 건이가 웃었다. 건이가 웃으니까 갑자기 내 기분도 좋아졌다.

공원을 가로질러 갈 때 후드득! 빗방울이 떨어졌다.

"뛰자."

나는 앞장서서 달렸다. 건이와 소리가 소리를 지르며 따라왔다.

연구소 문은 열려 있었다.

"어서 오렴."

소장님이 우리를 반겼다.

"아, 갑자기 사라지면 어떻게 해요! 걱정했잖아요."

"어이구, 이거 정말 고마운데? 내 걱정을 해 주는 사람이 있다는 건 행복한 거지. 내가 이곳에서 연구한 것 때문에 어디를 좀 다녀왔단다. 그나저나 동영상을 모레까지 내야 하는데 준비는 다 했니?"

"아, 몰라요. 소장님이 사라지는 바람에 제가 엄청 고생했잖아요. 하긴 했지요. 이제 동영상만 찍으면 돼요. 찍기 전에 한 번 봐 주실 거죠?"

나는 일부러 볼멘소리를 했다. 실은 내가 혼자 그 대단한 걸 해냈다는 사실을 소장님에게 자랑하고 싶었다.

"나는 끝까지 엄마 침팬지 하고 싶은데?"

소장님이 웃었다.

"진짜 궁금해서 그러는데요, 소장님 정체가 뭐예요?"

옆에서 보고 있던 건이가 물었다.

"현재 나는 이 연구소의 소장이지. 아, 뭘 연구하느냐면 말이다."

벽을 힐끗 바라보던 소장님이 갑자기 벌떡 일어났다. 그러고는 성큼성큼 걸어가더니 벽을 뚫어져라 바라봤다.

"이걸 연구하지."

나와 소리, 건이는 소장님 옆으로 다가갔다. 전에 본 벌레가 빨빨거리며 벽을 기어오르고 있었다.

"무슨 말이야?"

소리가 내 옆구리를 콕 찌르며 물었다.

"벌레를 연구한다고 하시잖아."

"벌레를? 왜에?"

"나도 몰라."

나는 고개를 저었다. 벌레는 금세 나무 벽 틈새로 사라졌다. 벌레가 사라지자 소장님은 자리로 돌아갔다.

"그런데 건이는 저번보다 많이 야윈 것 같다. 어디 아프니?"

소장님이 물었다. 건이는 나와 소리를 바라봤다.

"이런 말을 하면 정우랑 소리가 기분 나빠 할 수도 있는데요. 야, 너희들 내가 무슨 말을 해도 화내지 마. 기분 나빠 하지도 말고."

건이는 나와 소리를 번갈아 보며 다짐을 두듯 말했다.

"걱정하지 말고 말해. 절대 기분 나빠 하지도 않고 화내지도 않을 거야."

소리가 건이 새끼손가락에 자신의 새끼손가락을 걸며 약속했다.

"사실은…… 사실은…… 제가 학원 시험에서……."

건이가 말을 하다 말고 나와 소리의 눈치를 봤다.

"알고 있는데, 영어 시험 망친 것."

소리가 들릴 듯 말 듯 중얼거렸다. 순간 건이 얼굴이 시뻘게졌다.

"하여튼 우리 앞집이 문제야."

건이도 중얼거리며 손바닥으로 얼굴을 문질렀다.

"맞아요. 제가 영어 학원 시험에서 망하는 바람에 한 단계 아래로 떨어져서 반까지 바뀌었어요. 솔직히 그 학원 그만두고 싶어요. 애들이 저를 보고 수군대는 것 같거든요. 엄마한테 학원을 바꿔 달라고 했다가 야단맞았어요. 못하는 아이들만 모인 곳에 가면 영어 실력이 더 형편없어질 거라고요. 무조건 공부 잘하는 아이들과 어울려야 한대요. 그래야 덩달아 공부를 더 잘할 수 있다고요. 공부 못하는 아이들과 어울리면 자기도 모르는 사이 저절로 공부를 못하게 된대요. 그래서……제가 자꾸 성적이 떨어지는 게 '공부 잘하는 아이들과 친하지 않아서인가?' 이런 생각이 들었어요."

그 순간 나와 소리는 약속이나 한 듯 동시에 마주 봤다. 그러니까 건이가 공부 못하는 아이들과 친해서 성적이 자꾸 떨어진다는 거야? 공부 못하는 그 아이들은 바로 나와 소리?

"너, 나랑 정우랑 친해서 성적이 떨어진다는 뜻이니?"

소리가 얼굴을 찡그렸다.

"야, 화내지 않는다고 약속했잖아."

"너 같으면 화가 나지 않겠어? 좋아, 앞으로 정우랑 나랑 놀지 마. 그러면 되겠네. 솔직히 정우처럼 성격 좋은 친구를 어디 가서 만나니? 건이 너처럼 하고 싶은 말 참지 않고 다 하는 아이를 누가 좋아하겠니? 정우니까 참고 친하게 지내는 거지. 그리고 이런 말은 진짜 안 하려고 했는데 그냥 말할래. 나는 너랑 정우랑 싸울 때 솔직히 정우 편을 들고 싶었던 적이 더 많아. 그래도 딱 중간을 지키려고 꽤 노력했어. 어떤 때는 성질이 나는 것도 참았다고."

"나도 속상해. 정우랑 너랑 공부를 잘하면 얼마나 좋아."

건이 눈에 눈물이 그렁그렁 차올랐다.

"정우야, 너랑 나랑 공부 못하는 아이들끼리만 세트하면 되겠다."

소리는 화가 나도 단단히 난 것 같았다. 소리의 저런 모습은 처음이었다. 나도 화가 났지만 소리가 몹시 화내는 바람에 티를 낼 수가 없었다.

"이런, 이런. 좀 진정하자."

소장님이 말렸다.

"건이야, 공부 잘하는 아이들이 다니는 학원을 찾아다니고 공부 잘하는 아이들하고만 친하게 지낸다고 해 보자. 건이가 말하는 공부 잘하는 아이는 학교나 학원에서 성적을 잘 받는 아이, 특히 국영수를 잘하는 아이지? 그러면 나중에 어른이 되어서는 어떨까? 만나는 사람마다 '학교 다닐 때 공부 잘하셨어요?' 이렇게 물어봐서 그렇다고 하면 친하게 지내고 그렇지 않다고 하면 꼭 필요한 사람인데도 만나지 않을 거니?"

소장님 말에 건이 눈이 동그래졌다.

"세상에는 다양한 사람이 모여 살지. 국영수는 못해도 그림을 잘 그리는 사람도 있고 음악을 잘하는 사람도 있어. 남을 즐겁게 해 주는 능력이 있는 사람도 있고 요리를 잘하는 사람도 있고 말이다. 다양한 사람이 모여 서로 부족한 것을 채워 주기도 하고 서로에게 배우기도 하면서 세상을 이끌어 가지. 내가 볼 때 정우와 소리, 건이도 서로에게 그런 존재인 것 같은데?"

소장님 말에 건이가 천천히 고개를 끄덕였다.

"그건 맞아요. 처음에 저는 제가 공부를 잘하니까 다른 것도 다 잘할 줄 알았어요. 그래서 잘난 척을 많이 했지요. 사실은 정우나 소리가 저보다 잘하는 것도 아주 많아요. 마음도 넓고요. 제가 배울 점이 무척 많아요. 그런데 제가 잘난 척하는 게 습관이 되었는지 '고쳐야지' 하면서도 잘 고쳐지지 않아요. 특히 정우한테는 더 심하게 해요."

건이가 말하는 순간 소리가 내 옆구리를 툭 쳤다. '뭐야, 건이가 자기 자신을 잘 알고 있네?' 이런 뜻인 게 분명했다. 나도 소리 옆구리를 툭 쳤다. '거봐, 그런 마음이니까 먼저 사과하는 거야' 이런 뜻이었다.

"소장님, 뭐 좀 물어봐도 돼요?"

건이가 말했다.

"물론."

"공부하고 담쌓은 정우가 에펠탑과 다보탑을 공부하면서 스스로 영어를 배우는 걸 보고 놀랐어요. 저는 공부하는 게 너무 힘든데 정우는 어떻게 재미있게 할 수 있어요?"

건이 표정이 진지했다.

14장

좋아하는 것을 찾아서

소리와 나는 건이가 수학 학원 마치는 걸 기다렸다가 함께 연구소로 갔다. 어제 소장님은 건이 질문을 받고 오늘 다 같이 만나는 게 어떻겠냐고 했다. 내가 건축가에게 보낼 동영상도 함께 찍고 건이가 궁금해하는 것에 관해 이야기도 나누자고 말이다.

"어제 네가 했던 말을 생각하면 화가 나는데 성격 좋은 내가 참기로 했어."

소리가 말했다.

"나도. 나도 성격이 좋아서 참는 거야."

나는 소리 말에 맞장구를 쳤다.

"고맙다, 고마워."

건이는 두 손을 앞에 모으며 진심으로 말했다.

소장님은 간편한 차림에 운동화를 신고 연구소 밖에서 우리를 기다리고 있었다.

"오늘 같이 공원을 한번 돌아볼까?"

소장님 말에 나와 소리, 건이는 누가 먼저랄 것도 없이 '좋아요!'를 외쳤다.

"와, 엄청 넓다. 그런데 아직 잘 알려지지 않아서 사람들이 많이 오지 않나 봐."

건이가 말했다. 나도 공원이 그렇게 넓은 줄 몰랐다. 산과 공원을 연결해서 그런지 산이 공원 같고 공원이 산 같았다.

"어? 이거 그 벌레지요?"

소리가 땅바닥에 쪼그리고 앉았다. 나와 건이도 그 옆에 쪼그리고 앉았다. 연구소에서 봤던 그 벌레였다. 어찌 보면 개미를 닮았고 또 어찌 보면 아닌 것 같기도 했다. 건이가 벌레 사진을 찍었다. 가까이에서 찍고 멀리서도 찍었다.

"사전 찾아보려고? 생김새를 보려면 가까이에서만 찍으면 되지 뭐 하러 멀리서도 찍어?"

소리가 물었다.

"특징 같은 걸 보려고. 기어가는 모습만 기억하지 말고 사진으로 찍으면 더 정확해."

"어? 저기, 저건 뭐지? 무슨 나무지? 둥치가 하얀색이고 이상해."

건이가 나무가 모여 있는 곳으로 내달렸다. 건이는 그 둥치를 만져 보고 나무껍질도 살짝 벗겨 보더니 또 사진을 찍었다. 나와 건이, 소리는 정신없이 공원을 뛰어다녔다.

"건이는 관찰하는 걸 굉장히 잘하더구나. 뭐든 대충 보고 넘기지 않아. 사진도 꽤 잘 찍던데?"

"소장님, 저를 관찰하셨어요? 맞아요. 그래서 엄마가 저보고 딴짓을 많이 한다고 해요. 꼭 필요한 것도 아닌데 너무 꼼꼼히 깊게 알려고 한다고요."

"하하하하, 그래. 건이를 관찰했지. 건이가 뭘 좋아하는지, 뭘 재미있어하는지 궁금했거든. 누군가를 알고 싶을 때는 그 사람이 하는 말과 행동을 관찰하는 것이 좋단다. 그러면 그 사람을 알 수 있지. 자, 이제 연구소로 가서 동영상을 촬영해 볼까?"

소장님이 앞장섰다.

"동영상 촬영은 내가 할게. 어제 그런 말을 해서 미안하기도 하고. 내가 사진이나 동영상을 아주 잘 찍는 것 알지?"

건이가 어깨를 으쓱였다.

나는 연습한 것을 조금도 실수하지 않고 완벽하게 해냈다. 마음이 뿌듯했고 그런 나 자신에게 눈물이 날 정도로 감동했다. 내가 그런 아이인 줄 예전에는 미처 몰랐다. 자신감이 풍선처럼 마구마구 부풀어 올랐다. 건이도 소리도 그리고 소장님도 놀란 눈치였다. 그런데 동영상을 찍는 건이의 실력도 진짜 대단했다. 흔들림이 전혀 없었고 내가 정확히 중앙에 들어가 있었다. 거의 전문가 수준이었다.

"어제 한 제 질문에 대답해 주세요. 정우는 어떻게 저토록 재미있게 공부를 했어요? 정우는 영어를 싫어했고 또 잘하지도 못했거든요."

동영상 촬영을 마치고 건이가 소장님에게 물었다.

"정우는 건축물에 관심이 많다고 했어. 유튜버에도 관심이 있었고."

"저도 알아요. 유튜버는 공부를 못해도 할 수 있으니까요. 아! 이 말은 취소!"

건이는 말을 하다 말고 손바닥으로 입을 막더니 내 눈치를 봤다.

"정우는 세계적으로 유명한 건축물을 설명하고 소개하는 유튜버가 되고 싶어 했거든. 그러다 우연히 유명한 건축가 방송을 보게 되었고 목표가 생겼어. 이벤트에서 뽑는 두 명 중 한 명이 되어 외국에 가서 건축물을 돌아보고 싶은 목표 말이다. 그러려면 영어로 동영상을 찍어 보내야 했지. 정우는 목표를 위해 달렸고 마침내 해낸 거지. 어떤 길을 가려고 마음먹었을 때는 과연 이 길로 가는 게 맞는 건지 맞지 않는 건지 고민스럽지. 그럴 땐 가다가 내가 가고 싶던 길이 아닌 거로 밝혀지면 어쩌지? 험한 길이라 중간에 포기하면 어쩌지? 걱정하는 대신 가고 싶으면 일단 가 보는 거야. 가 봐야 그 길이 어떤지 알 수 있으니까. 가다가 잘못 들어선 길이라는 걸 깨달으면 다시 나오면 그만이지. 그 경험은 공부가 되어 다른 길을 갈 때 도움을 준단다. 정우는 가고 싶은 길로 일단 출발한 거지. 정우야, 이걸 하고 나서 영어를 어떻게 생각하게 되었니?"

소장님이 나에게 물었다.

"전에는 영어가 무섭고 두려웠어요. 이젠 잘할 수 있다는 자신감이 생겼어요. 그리고 제가 좋아하는 일을 하려면 영어가 꼭 필요해요. 열심히 할 거예요."

"건이야, 네 질문의 답은 바로 이거란다."

소장님이 말했다.

"정우는 자기가 하고 싶은 일이 뭔지, 좋아하는 게 뭔지 찾았어. 물론 앞으로 시간이 지나면서 또 자라는 과정에서 좋아하는 게 바뀔 수도 있지. 하고 싶은 일은 달라질 수 있어. 그렇게 다른 것이 좋아지고 그 일을 하고 싶으면 지금처럼 하겠지. 그런 과정을 거치다 보면 어느 순간 정말 좋아하는 걸 만날 거다. 그때가 되면 더 신나게, 재미있게 달릴 테고 말이다.

내 이야기를 해 줄까?"

소장님은 잠시 말을 멈추고 물을 한 모금 마셨다.

"내가 대학생 때야. 대학교에 들어가긴 했는데 내가 뭘 좋아하는지, 뭘 잘할 수 있는지 알 수가 없는 거야. 누군가가 아나운서가 되면 좋다고 말했어. 나는 아나운서가 되려고 유명한 아나운서를 만났지. 또 우리 집에서 외교관이 되면 좋다고 해서 외교관이 구체적으로 뭘 하는지 알아보려고 대사관에도 찾아갔지. 어떤 분에게 '집에서 외교관이 되라고 하는데 외교관이 무얼 하는지 궁금해서 찾아왔어요'라고 말했어. 그분은 대사였는데 온종일 그분을 따라다녔단다. 나는 내가 좋아하는 게 뭔지, 뭘 하고 싶은지 찾기 위해 엄청나게 노력했어. 그리고 드디어 내가 하고 싶은 걸 찾아냈고, 내가 좋아하는 걸 마음껏 하기 위해 노력했고, 원하는 걸 이뤘단다. 사람은 자신이 하고 싶은 걸 할 때 가장 재미있고 당당하게 살 수 있단다. 너희도 뭘 하고 싶은지 꼭 찾아내 행복하고 재미있는 삶을 살기를 바란다. 자, 이제 해가 지고 있어. 빨리 집에 돌아가렴. 아, 오늘이 마지막 날이란다. 빵을 아주 많이 구웠지. 그 빵을 모두 싸 줄 테니 가지고 가라."

"마지막이요?"

나와 건이, 소리는 동시에 소리쳤다.

"이곳에서 해야 할 연구가 끝났거든. 며칠 동안 일이 있어서 연구소 문을 닫았잖니. 내가 연구할 일이 또 생겼지 뭐냐. 외국이야. 그곳에서 한동안 연구해야 할 것 같다. 내가 떠나면 여기는 다시 비어 버리겠구나. 이곳은 원래 숲속 도서관이었어. 그러다가 도서관이 없어지면서 텅 빈 채로 있었거든. 이곳에서 정우도 만나고 건이도 만나고 소리도 만나서 참 행복했단다."

"그런 게 어디 있어요. 이제부터 자주 오려고 했는데요."

"우연히 또 만날 수도 있지."

건이 말에 소장님은 빙그레 웃었다.

소장님은 우리가 공원으로 들어서는 모퉁이 길을 돌 때까지 손을 흔들었다. 아주 오래된 친구와 헤어지는 듯한 기분이었다. 소장님 말대로 우연히 또 만났으면 좋겠다.

"나도 내가 뭘 좋아하는지 찾아볼래."

건이가 말했다. 나는 그때 건이가 주먹을 꼭 쥐는 걸 봤다. 나는 건이도 소리도 재미있게 공부했으면 좋겠다는 생각을 했다. 그리고 나도 앞으로 쭉 그러고 싶다. 나는 빵을 형 책상 위에 올려놓았다.

앞으로는 이 빵을 먹을 수 없어.
형이 나보다 이 빵을 더 좋아했으니까 형 다 먹어.
오늘이 마지막이니까 맛있게 먹어.

종이봉투에 이런 메모를 써 붙였다.

나는 잠결에 현관문 소리를 들었다. 방문을 살짝 열어 보니 형이었다. 형이 어깨를 축 늘어뜨리고 자기 방으로 들어갔다.

"형도 꼭 잘하는 것, 좋아하는 것 찾아."

나는 형 뒷모습을 바라보며 중얼거렸다.

소장님이 떠나고 나서 한 달 정도 지났다. 드디어 이벤트 결과를 발표하는 날이 왔다. 나는 두근대는 가슴을 쓰다듬으며 건축가 방송에 들어갔다.

○○초등학교 5학년 오정우

나는 잠시 내 이름을 멍하니 바라봤다. 그러다 내 볼을 꼬집었다. 너무 아파서 정신이 번쩍 들었다.

"됐다! 됐어!"

나는 두 팔을 번쩍 쳐들고 소리쳤다.

그때였다. 휴대전화가 요란스럽게 울렸다. 건이었다.

"야, 야! 지금 빨리 텔레비전 좀 봐. 아아아악! 화면에서 사라졌다."

'얘가 갑자기 전화해서 무슨 말을 하는 거람.'

"화면에서 뭐가 사라져?"

"소장님, 조금 전에 소장님이 나왔거든. 텔레비전에 나왔어. 내 눈으로 똑똑히 봤어. 뉴스인데, 대학교에서 무슨 행사 같은 것 하는데 소장님이 나와서 연설했다니까. 생물학 박사라고 소개하던데. 생태학자라고도 하고."

"무슨 말이야? 소장님이 왜 거기에 나와?"

"그러게. 왜 소장님이 거기에 나왔지?"

"네가 잘못 본 거겠지."

"그런가? 이상하다. 분명 소장님이었는데. 소장님이 이런 말을 하던데. '성공은 성적순이 아니다.' '배우는 줄 모르며 즐기다 보니 어느덧 배웠더라.' 우리한테 말한 공부 이야기 아냐? 어어어어어, 또 나온다. 또 나온다. 빨리 봐. 아니다, 전화 끊어. 내가 사진 찍을게."

건이는 전화를 뚝 끊었다.

잠시 후 건이에게 문자가 왔다. 건이가 보낸 사진 속에 있는 사람은 소장님이 확실했다. 소장님은 흰 셔츠와 남색 재킷 차림으로 활짝 웃고 있었다. 옆에는 생태학자라는 소개가 있었다.

'그럼 ○○연구소가 생태연구소?'

나는 사진 속 소장님과 마주 보고 웃었다.

내가
하고 싶은 공부는

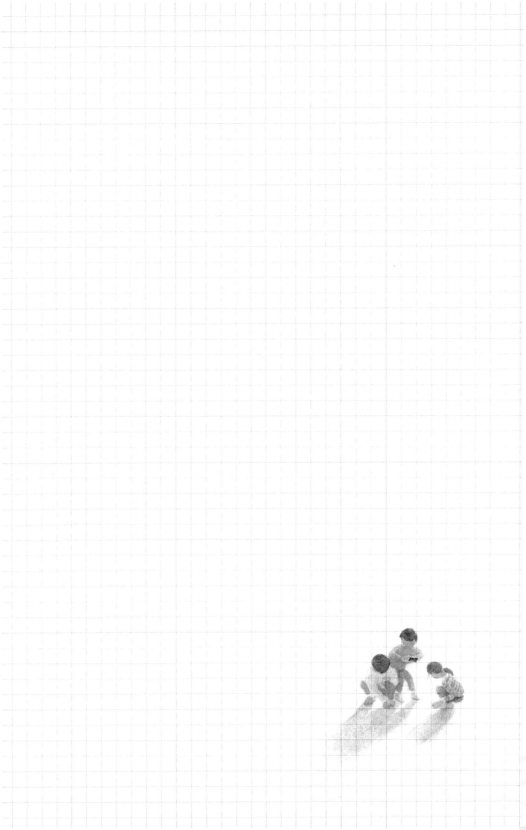